THE BONSAI GROWER

SHORT STORIES
BY
SHEENA BLACKHALL

GKB BOOKS

© 1998 Sheena Blackhall (Sine Nictheàrlaich), nee Middleton

ISBN O 9526554 2 X

First Published 1998 by GKB Books, an imprint of GKB Enterprises
3a Skene Place, Dyce, Aberdeen

Printed by Blacklaws Printers
The Lewes, Fyvie, Aberdeenshire

Cover design & illustrations by the author

Price £5.50

Other Books by Sheena Blackhall
and published by GKB Books include:

Lament for the Raj (Scottish poetry)
Wittgenstein's Web (Short Stories)

British Library Cataloguing in Publication Data

A catalogue record for this book is available
from the British Library.

CONTENTS

I

THE BONSAI GROWER

Snip. A tiny sound in a room of silence; a room of whispered confidences, of hidden wounds laid bare by the judicious use of the scalpel of words - a room of secret weepings and much sadness, of sudden flashes of anger and rare insights, those lush oases in the bleak deserts of depression.

Snip. The sound of a small pincers, cutting through the quiet of an autumn evening in a spartan hospital consulting room, with its green carpet, its one pastel painting and its one narrow latticed window overlooking the wide sweep of the grounds of the psychiatric out-patient wing, like a bleary insomniac eye. Rain dribbled down the panes, insistent as tears, flowing wet, and cleansing, and copious.

A professional man, middle-aged and lean, with thinning, reddish-fair hair, fine and soft as a baby's, was seated at a desk by the window; bent, engrossed over a miniature pine tree. The jacket of his immaculately pressed suit was hung carefully over the chair back. His white sleeve cuffs were unbuttoned and pushed half up his lean lower arms for ease of movement, as his long, skilled fingers delicately set about pruning the dwarf pine tree in its low, jade pot. They were the fingers of an academic, an intellectual, a Sunday gardener more accustomed to turning the pages of a book than heavy, wet sods in a garden.

Snip. Again, the tiny sound of the small pincers, shearing off new growth where new growth was spurious, or unharmonious, or offensive to the eye. The Japanese considered the growing of Bonsai plants to be an art of manipulation, the creation of a living masterpiece by the intervention of human skill. To the Asiatic mind it was something rare and beautiful and treasured, exquisitely individual, testimony to the time and concentration invested in the improvement of a single plant by its human carer. The average Briton considered the growing of Bonsai to be a bizarre and unnatural practice - an intrusion into the development of a seedling - an Eastern perversion rather than a highly prized art form.

Paul Williams, the Bonsai grower, was hardly an average Briton, however, as a glance along the single pinewood shelf above his desk indicated. Books on Sufi Mysticism rubbed covers with Transcendental Meditation; papers on Peak Experiences nestled beside reports on Buddhist Psychotherapy. Freud, Rowan and Laing co-habited there with Tao and Gandhi and Krishnamurti. The Bonsai grower's daily work demanded specialised skills: infinite patience, inexhaustible compassion and an all-encompassing knowledge of the darks and greys of the human psyche that flickered up in broken sentences from his patients, like the shadowy light of the ocean, dimly pierced by the sun. His trade was the easing of living problems, the study of existential aberrations. His files were human; their merchandise, damaged personalities. His function as therapist was to check the growth of each patient's more outlandish fancies and phobias, quietly cutting away at the malformed roots of their distress in order to cultivate healthy shoots. Ultimately - and this for Paul was the hardest to achieve - he had to fail his patients, so that they could move out from the shelter and protection of the little room, away from the nurturing sun of his acceptance and encouragement, out of the therapeutic alliance and into the aloneness and togetherness of real relationships. Not every plant survives the transition from the greenhouse. Not every patient coped on his own. A few withered and drooped, curled up and died; were stacked away in black, locked long-stay wards beyond the help or sound of human nurture.

For Paul Williams, bonsai growing was his way of winding down after hours of painstakingly snipping away at the tangled jungle of fears and anxieties his patients brought him. Other men jogged, like sweaty, track-suited greyhounds, around the leafy suburbs; others huddled together in wind-swept football stadiums, eyes fixed on the passage and destination of a small muddy ball. Others crammed into bars, Masonic lodges or billiard rooms - the herd instinct clumped them together like iron filings under the power of a magnet. Bonsai growing was solitary, yet satisfying, decided the therapist.

There was still an hour or two of watery daylight left, although the clouds beyond the lawn and the red brick walls of the hospital had begun to move together and darkness encroached on the massive sycamores at the entrance to the driveway, inking over the gaps between the leaves and steadily smudging the horizon. His was the only car left in the clinic's car park. The rest of the staff had left an hour ago, pushing off to their respective homes.

Paul too would eventually leave – reluctantly, for home had ceased to be home these past few months. Every inch there, every corner, every surface belonged more and more to Jenni. Like a strain of poison ivy throttling an oak, her strangling presence was everywhere. True, the age difference between them was wide but it had presented no real problems until recently. Her taste in music was brash, loud pop; his preference was exclusively classical. Her diet was a succession of junk food, microwavable and bland; in contrast, his liking was for Indian vegetarian dishes that needed long, meticulous preparation to bring out the true essences. Jenni's clothes were casual, outré, extreme, but even at home Paul refused to slop around in jeans. She was disorderly; he was intrinsically tidy. The most damning difference, however, was that of their basic characters, for Paul was fundamentally introspective and private by nature, like a rare Alpine shrub requiring little in the way of company, while Jenni blossomed with human contact. Like a rank weed, or a fungus, she flourished and invaded every nook of the house. He would remove her T-shirts, stained and sweaty, from his favourite seat, only to find her make-up spilled over notes which had taken him hours to prepare. Her personality too spilled over everything in the house, bubbling up, public and unstoppable; destructive as molten lava. He would complain peevishly to her as he scraped dried worms of toothpaste from the bathroom shelf.

"Don't be so petty!" she would laugh, forcing her pretty lips into a pout. He would retreat, with a sigh, to the relative quiet of the kitchen, salvaged notes in hand. No sooner would he settle down, pen in hand, to write up the day's case-notes, than the back door would bang open and, unannounced, her friends would barge in, Walkmans blaring, like bottles flung at a wall. Their very arrival was an act of violence on the consciousness of a quiet, solitary man like himself. When he remonstrated with Jenni, she would laugh, toss her hair back defiantly and call him old-fashioned, a dinosaur, an old stick-in-the-mud.

Boundaries, he told his latest patient, Carl, should be individual. Should be flexible, like rubber bands. Carl was so rigid; his problems were so deep-rooted. A failed music student, a failed suicide, he was nevertheless a promising subject, worthy of long hours of work. The core of the boy was vital and alive, even if the thoughts were temporarily blighted. For long minutes in the analysis, for a whole session sometimes, the young man would sit motionless, inert, seemingly dead. But Paul would say something, touch a nerve, strike a spark in the dark cave that was Carl's mind; then the boy would stir like a young pine tree awakened by breezes, would respond and momentarily come alive.

Ideally, Carl should be removed entirely from his home situation, transferred to an ashram, or a commune, away from the smothering influence of his mother's religion and from the repressive grasp of his tradesman father, away from the rot and pestilence and angst of diseased, corrosive relationships.

Paul smiled as he recalled how Carl had dared to show anger for the first time that afternoon. The slow, tentative stirrings of germination. Still smiling, Paul lifted the Bonsai container and gently swivelled it round to survey it keenly from each angle. The small pine was coming along nicely. Soon it would need re-potting. He particularly enjoyed that aspect of the art - the small rake for disentangling the roots, for combing out the tangles and attachments that stunted the living growth; the tweezers for rearranging those roots; the scissors, pincers and knife for cutting away the dead, the diseased and the distorted. Left too long in the same pot, Bonsai lose their vitality. The soil around the base hardens and stifles the tree. Air and moisture can no longer circulate. Bonsai flourish with regular care, concern and positive, timely intervention.

Patients like Carl were stuck, rooted, embedded in set ways of thinking. It was a constant source of joy to Paul that, with skill and cunning, he could cut away the dead wood of destructive philosophies and engraft new, revitalising ideas. Slowly, like a snail moving: that was how he described the process of psychotherapy to Carl. The talking cure. The journey might be agonizingly drawn out - but the slime got left behind. Paul was pleased with the metaphor

3

and Carl had liked it. In time, Carl would open up sufficiently to ask Paul for answers. And Paul would give him, instead, the Buddhist parable of the cup, telling him the tale of the Buddhist monk who had begged his master repeatedly to fill him with wisdom. In response, the Zen master had simply filled a cup with tea till it overflowed, demonstrating that the young man could receive no wisdom at all till the clutter of the past had been cleared out.

Later on in the analysis, Carl's depression would give way to anger against the arid, oppressive home life that had so warped his personal potential for joy. And Paul would intervene, quietly, in the midst of the outburst, giving his patient another Buddhist parable, that of the shoe. It was crucial for the boy to grasp that it is rarely possible to alter the ways of those in the immediate family. A monk, he would tell him, once asked a Zen master why he spent so much time in meditation and quiet contemplation. The reply was swift and symbolic: "It is easier to wear shoes than to cover the road with leather".

Group therapists, Paul knew, would disagree. And in the current, penny-pinching climate, his job, and that of all psychotherapists in the NHS, was under threat - more cutbacks, but now of a punitive, savage kind. It was cheaper to give short bursts of therapy to many than to dedicate months or even years of precious time and money to the resurrection, like a phoenix from the ashes, of a single human soul. The concept of guru and chela was not a popular one in a country of Brownies and rugby teams and battery chickens, a stop-watch country of hospital trusts and cost-benefit analysis.

Snip. A third bud was pinched off, so that the Bonsai might conserve its resources, become sturdy and strong. Delicately, Paul lifted a pair of chopsticks, to sift and rearrange the soil around the raked and untangled roots. How much more effective psychotherapy would be, he reflected, if the analyst had total control over the patient's environment - over his every encounter, emotion, stimulus...

"It must be wonderful to live in your house," Carl had remarked. "No anger; no stress".

The halo effect. It was an occupational hazard that patients either deified him or else invested him with horns and a tail. No stress... no stress!. Stress, the Americans said, was when the mind over-ruled the desire of the body to choke the living shit out of some asshole who richly deserved it. Crude, bleak, but correct. The Americans were very unsubtle in using words as if they were sledgehammers.

Today was Thursday. Jenni's friends would be round. There would be the musky scent of pot. There would be a hiatus in the conversation when he walked into the livingroom; he would be observed by six pairs of half-stoned eyes as if he was the intruder in his own home. Once or twice he had refused to be intimidated by the hippy phalanx and had sat in the room, pretending to listen to a Brahms symphony. All the while, he had had to sit on his hands to prevent himself from hitting Jenni and Jenni's weirdo friends. Oh yes, he could give lectures on stress. Excellent, excellent lectures on stress. The wounded healer...

"If everyone believed in an eye for an eye," he told his patients, quoting Gandhi, "the whole world would be blind". But how hard not to drive an annihilating stake right through the Cyclops' optic that was Jenni and Jenni's gregarious, sloppy, self-centred, dope-orientated lifestyle!

The small pine Bonsai tree quivered gratefully under his touch, as he sprayed a measured portion of man-made rain over its branches. For Paul, Bonsai was a form of sylvan sculpture which the plant itself helped him to create. It would be totally unthinkable to work on it at home. In the Arab world, he knew, there was a word something like baraka, a name for the quality which objects possess when a person has cherished them. This quality, reputedly, remains and can be appreciated by someone else... By someone else, but certainly not by Jenni or Jenni's friends, who cherished nothing and nobody: social anarchists and pariahs whose raison d'être was the pursuit of hedonism and the glorification of self.

The nearer a person comes to enlightenment, the old Zen master said, the more time they spend scrubbing the temple floor. Enlightenment and Jenni, by that token, were constellations apart. Paul couldn't remember when last he'd seen her do anything remotely domesticated around the home. In desperation, he had hired a cleaner to come in, three days a week, to tidy her mess, her chaos, her neglect. Dammit, he could hardly be expected to help his patients with their problems if he couldn't resolve his own. And he could resolve the problems of others, intuitively and empathetically; by slowly chipping away at the stone psychic sarcophagus that so often encased a human being.

In time, under his zealous tending, he knew that Carl would blossom into the talented young man that nature had intended him to be. Even, perhaps, find a partner in time. The Chinese had a wonderful term for sexual union - "the flowery combat" - at the end of which came for both the little death. The combat was balanced if possession and domination were conquered by each partner. "If sexuality flowers properly, then the human ego is transcended and there is a peak experience", Paul muttered. But Carl was not in the room to hear his words. There was no human receptacle to catch them and keep them; no dark, starved mind to brighten up with a wonderful metaphor or idea. The Chinese bon mots fell on stony ground.

Only Paul was in the room, alone with the little Bonsai tree. And soon the night staff would come into the wing. He tidied the Bonsai away, safe for another day, an eternal source of refreshment for him. He tucked the notes into his briefcase as efficiently as the Charge nurse would soon be parcelling up the long-stay patients in the locked wards under their crisp, white hospital sheets.

He walked briskly out into the darkened car park, carefully placed his notes on the back seat and drove home through the neon daylight of the commercial quarter, turning off at the main roundabout for the quiet suburb where he lived. The black trees ringing the cul de sac resembled a tinchel, a closing noose of hunters, with himself the stag being drawn relentlessly in. That night the scene reminded him of that sombre, melancholy painting by Bocklin, The Island of the Dead. Almost, his car glided into the street like Charon's ferry, that grim boat which carried the souls of the damned to its bleak moorings. He parked the car in the garage and crunched his way over the granite chips to the front door, turning the key in the lock with a sinking heart. Fortunately, Jenni and her friends were upstairs. The downstairs area was free of them. He slumped, defeated, into the soft, yielding cushions of the sofa, closed his eyes and began turning his life over and over in his mind, like a gardener turning soil.

If Jenni had been his wife, he would have divorced her without hesitation, severed the legal ties surgically and cut her adrift. But how do you divorce a daughter? Impossible. Impossible to amputate a blood tie, when the roots were inextricably enmeshed, embedded in the past as well as in the present. Her mother was dead and he was her only living relative. Jobless and shallow, a genetic distortion, she resembled in many ways a large, loud, floundering pleasure cruiser, adrift with a contraband cargo of druggie friends. Paul's part in this family journey was to act as harbour tug, investing his precious free time, effort and money in the task of dragging the rudderless ship that was his daughter back from stormy waters to the relative haven of normality. But how hard, how lonely, how thankless the task, with no prospect of reward or release in sight.

With a shudder, he tightened his grip on the arm of his chair, his body suddenly cold and heavy, as if trapped in a jade pot - a jade pot starved of water, abandoned in the middle of a creeping, desolate wasteland.

THE HAGGIS

Ann Buchanan had always thought that Scottish accents sounded like tadpoles being sucked backwards through a vacuum cleaner. But since her husband, Freddie, had been smitten by the Family History bug, her acquaintance with the distressed nasal inflections of the Northern tribes had increased. Several branches back in the genealogical tree, it seemed that Freddie's forebears had been of the kilted race, home of the internationally acclaimed and much quoted bard, Robert Burns.

The fact that Freddie Buchanan had super-sleuthed around, quarried and tunnelled his way through virtual Cairngorms and Ben Nevises of paperwork to establish this fact surprised her not a whit. It was what made him such an excellent reporter, this tenacity; the way he locked his journalistic jaws, like a frenzied ferret, into the smallest clue, or hint, or whisper, of a story.

For example, when Freddie was researching nudist colonies for a holiday brochure advert, he had trawled the London & District Yellow Pages as zealously as any Japanese fisherman after a succulent blue whale. The nearest entry to "nudists" that he could find was "North Kent Erections Ltd." but even that had given him an intriguing angle for the advert. The fact that the company did not choose to sanction that particular angle in no way detracted from Freddie's skill in finding one in the first place. After all, as he complained to his wife, Ann, most people in the Southern belt did the world of aesthetics a favour by remaining clad. The majority of folk, he grumbled, were in dire need of liposuction, eyebrow removal, breast reduction or complete facial transplants. The Shi'ite Moslems, he reflected, had the best idea. Everyone (male as well as female) ought to go around veiled from head to foot. Life was ugly enough without human beings exposing themselves, like unshaved sticks of pink cactus.

The discovery of a Scotch connection in Freddie's pedigree came to Mrs Buchanan with the force of a pair of windscreen wipers, cutting two large, wedge-shaped swathes in the fog of mutual incomprehension that generally hung over the relationship between herself and her husband. Now she understood clearly why Freddie would never drive past a skip at night but, like an owl swooping down on a cache of dormice, would feel impelled to park up a side-alley and then, incongruous in City suit and white shirt, rummage through the discarded litter in search of a free bargain. It was the Scot inside him, his thrift gene surfacing. This, she realised bleakly, was why Freddie melted down the stubs of soap from the soap dish, eking out the carbolic supply interminably. Blood will out!

The revelation of his Scottishness was as traumatic to Freddie himself as the delivery (first class, recorded) to Moses of the stone commandments from God.

7

He took it to his heart. He soaked himself in the knowledge. Cleopatra, in her jacuzzi of asses' milk, couldn't have enjoyed herself more than Freddie Buchanan, with the realisation that he was a bona fide, one hundred percent tartan and mist and shortbread and Landseer's Stag at Bay Scotsman. His wife, Ann, her deepest suspicions now thoroughly aroused, had hunted out the last birthday present Freddie had given her — two Chinese gods of mercy in jade. She had never had occasion to examine them closely before. There, on their small jade feet, was the final proof of his Scottishness: OXFAM 20p., it said.

Now they were attending their very first Burns Supper, in Kensington. Freddie was kitted out in full Buchanan tartan, obtained by mail order from some whisky-sodden Harris weaver who probably sub-contracted the tailoring to a child-labour sweat shop tycoon in Indonesia. Ann Buchanan's nerves were as frayed as the sides of a recycled postage stamp. Freddie, quite simply, was no longer the man she had married. That man had been the embodiment of stolid middle-class Middle England, calm, tolerant and bland as Farola pudding. Ever since the discovery of his Celtic genes, cracks had been appearing in the facade of his psyche.

Whole episodes of history had been inscribed upon his collective unconscious. Ann Buchanan had only ever encountered serious nationalism once before. A Welshman had come into the florist's where she worked, to buy a bunch of roses. "Shouldn't it be leeks?" she'd joked.

Admittedly it had been a poor joke but she hadn't anticipated the venom that the Welshman spat back at her, like a poked dragon.

"English bastard!" he'd yelled, in his distinctive Welsh-valley burr. "Stick your roses up your Teutonic anus."

He had stabbed them viciously back into their vase. An Englishman would have shrugged off her remark... laughed.... rallied with a counter-jest. The incident had quite upset her.

To her left, inside the Kensington clubroom, sat a gentleman swathed in tartan, reminiscent of a scoured, boiled boar. Two curls of white moustache, of a mouldy yellow hue, wrapped themselves like dwarf tusks to either side of his smile — a smile which to Ann indicated that he was, intellectually, several sandwiches short of a picnic. His name, she discovered, was Seumas O'Flaherty Davies — a Pan-Celt, he explained: fifty percent Scots, twenty-five percent Irish and twenty-five percent Welsh. He was the Burns baritone for the evening, a fish porter from Billingsgate. His accent was pure Cockney and his posterior tremblingly overhung each side of his inadequate plastic chair, like blancmange too large for its plate.

Four long rows of tables, shrouded in sepulchral white, ran the whole length of the Kensington St Andrew's Society clubhouse that night. Mrs Buchanan got the impression that the assembled company had come to pay their last respects to a corpse rather than spend a social evening in dining and chat. She shivered, uncomfortable in her white chiffon shift and tartan shawl. Never, aside from the beach or the public baths, had she seen so many bare male knees. It hardly made for glamorous viewing.

Heavy, sweaty, woollen socks, which looked as if they had been dragged screaming from the back of a reluctant yak, encircled bulbous calves. Large, jewel-encrusted knives were inserted down the aforesaid garments — a Mafia convention could not have been better armed. The female guests in the audience were quite cosmopolitan, chirruping and twittering together like so many sparrows sharing a ledge on Nelson's plinth. Except, that is, for Ann, the newcomer to this quasi-Celtic coterie, who sat lonely as an island officially contaminated by anthrax.

It was a new sensation for her. An unpleasant sensation: the feeling of being half of a mixed marriage, where one spouse barely knew the other and the opposite number treated its partner with a kind of bemused tolerance, like an indulgent parent amusing the tantrums of its particularly dull-witted offspring. "The Auld Enemy," the Scots called the English; and Ann was very English. Nor did it end there seemingly. The plump baritone rose unsteadily and lurched towards a mascara-laden female pianist, additionally weighted by a massive cairngorm plaid-pin impaling her bosom. Her fingers crawled across the ivories like crabs as she flung her head back in imitation of a stag in the throes of his rutting orgasm. The obese baritone reeled off a Gaelic coronach in the most major of minor keys, with all the passion of a patient having his appendix rudely ripped from his abdomen sans anaesthetic.

To the immediate right of the Buchanans sat an inoffensive-looking couple from Battersea, Mr and Mrs Woolridge-Smythe, two maritally-entwined civil servants. Apart from the tartan trappings, which Ann, despite herself, considered to be legitimate fancy dress, they seemed perfectly normal until Seumas O'Flaherty Davies' dirge. As the Gaelic paeon progressed, Mr Woolridge-Smythe's complexion grew redder and redder.

"Bertie, dear, don't upset yourself," his wife cajoled. "You know it's bad for your blood pressure."

"I didn't come to a bloody Burns supper to listen to bloody Gaelic!!" her husband thundered. "I'm a bloody Pict, not a bloody Gael! Isn't it the outside of enough that we have to hear that shit on the TV back home, without having to listen to it live down in London, for Christ's bloody sake?"

Ann Buchanan winced. Gael? Pict? Surely a Scot was a Scot — a Northern British person. She vaguely recalled a child's history book and a drawing of a Pict, looking like a humanoid orang-utang, with receding brow, flat nose, wide mouth and wrinkles. A Pict, she mused, was undersized and bandy-legged, a little like that music hall entertainer, Andy Stewart, had been. Picts scribbled strange signs on gravestones — combs, mirrors, monsters — and wrote in something called Ogham. She hadn't realised any were left alive — had thought them extinct like the dodo. But no. No! Here, in the very heart of Kensington, was a real, live, suffering specimen.

Would there be a clan war, she wondered? The dirge creaked to an uneasy halt. Mr Davies and Mr Woolridge-Smythe glared menacingly at each other over the heather-clad table linen. The Master of Ceremonies, a Sikh hotelier from Mull, whose grandmother on his mother's side came from a croft beyond Drumnadrochit, endeavoured to calm the atmosphere down by delivering a short ode composed by some poet called Hugh MacDiarmid.

A snort of derision echoed from two tables away, as a small, hairy woman, who looked like an engorged Scottie dog, struggled to her feet. She had imbibed rather too freely of the usquebaugh and her heavy Glaswegian accent was slurred and hesitant, punctuated by hiccups.

"'Sno that I dinnae like poetry, ken," she began. "But is that no Lallans the guy's speakin'? An am ah no richt in supposin' yon man MacDiarmid didna like Burns Suppers? An' ony road, wis Lallans no yer nobs' langwich? Ah mean tae say, Burns wis aw fur the coamon man an fur plain spikk, no some gentry's lickspittle...".

Ann Buchanan was astonished to hear her husband cheer this last remark. Till a month ago, Freddie would not have known Lallans from Swahili. But then, Freddie had been quite content to stroll down to the cricket pitch for the occasional turn at wicket. No more though. He had embraced his Scots persona whole-heartedly like a long-lost prodigal son. Now, it was golf, football and Celtic moodiness. In an Englishman, moodiness would be ordinary, down-to-earth, no-nonsense bad temper.

Two pimply, giggling teenage girls, Flora MacDonald lookalikes from Oxford Street, were next up on the stage. At the first tinkle from the piano, both girls closed their eyes tightly and swayed like a couple of seamen in a heavy swell, chests heaving as they launched into sixteen verses of The Queen's Four Maries, complete with choruses. Ann thought she had never experienced the full meaning of purgatory till verse nine. By verse sixteen, she felt she could personally have assisted in that unfortunate monarch's decapitation. Freddie, though, was enraptured.

Mr Ranjit Singh, the M.C., thereafter gave an extremely long and learned talk on the subject of The Immortal Memory. Mr Singh's memory was both immortal and of infinite dimensions. He related with relish facts which Ann Buchanan was sure even Rabbie Burns himself would never have known about Rabbie Burns. She felt like a Moslem in the midst of a Dalai Lama's official inauguration ceremony. If Burns was the icing on the Scotsman's cultural cake, she could not decide if the cake was pleasant or not. A little icing adds piquancy to a portion of cake — but too much rots the molars and makes you rather sick.

As in Madame Tussaud's, fresh horrors lay in store. There was a Cockney butcher from Islington, by the name of Murdo Meiklevanney, trussed up in tartan trews like a string of white puddings, who gave the Address to the Lassies, the wit of which was as heavy as the dead lard of a newly-slaughtered sow on a marble slab. Then followed the Reply from the Lassies, delivered by one Fiona Barrington-Maclean, an elderly lady with long, flowing, hoary locks, who looked like a bard with rabies, an escapee for the night from a celebrity-encrusted Home for Retired Thespians. She delivered the Lassies' Response in a quivering Shakespearean falsetto which quite set Ann's teeth on edge.

Halfway through this trial by declamation, Ann stole a glance at her husband. It was like seeing him through a distorting mirror at a fairground. He was known, but not known. All those years of company and copulation were as snowflakes on the river. She was losing him: he was slipping away, wooed not by another woman but by another, totally alien culture. The sudden scream of a set of bagpipes being screwed up to full throttle ravaged her already jangled nerves. This was the peak of Vesuvius, the upstretched flame of the Statue of Liberty, the froth on the cappuccino, the corporate climax of the evening. It was the Arrival of the Haggis.

Round and hot and steaming; huge and black and glistening, the Haggis was borne aloft on a white platter garnished with heather, like a sacrificial lamb about to be slaughtered in some pagan rite. The company rose to clap its progress around the room, glued together by some unseen Celtic Bostik. The Haggis, symbol of all that was Scottish, wove its majestic way between the ranks of its worshippers, to be laid to rest upon the high altar of the top table, where Mr Ranjit Singh began to intone the mystic words, Fair fa' yer honest sonsie face, Great chieftain o the pudden race!

The other guests were listening spellbound, hanging on every vowel. Ann racked her brains, doing a rapid mental tour of bards from other ages. Nowhere could she recollect Homer having written hexameters to a plate of figs. Hard as she tried, she couldn't remember reading any ode by Baudelaire or Rimbaud to an omelette. And a Haggis was a Haggis was a Haggis... a bloated sheep's intestine, stuffed with sweetbreads, offal, orts and ends, all the bits that carrion carried off. Yet her partner-in-life had dressed up specially to treat this abomination with awe and respect, as if it were the eucharistic host. The ritual eating of the Haggis was, to Freddie and those of Freddie's race, symbolic of a whole primitive cultural ethos — the tribe in solemn communion, cementing its bonds by devouring the god it worshipped. It was democracy in embryo, communism in its purest form, the poor and deprived of the world standing shoulder to shoulder against the privilege, power and pretension of intruding hordes from beyond.

Ann Buchanan shifted uneasily in her seat. It seemed to her that the Haggis, that most mundane of puddings, lay there, ticking away like a bomb and threatening to blow her whole world apart.

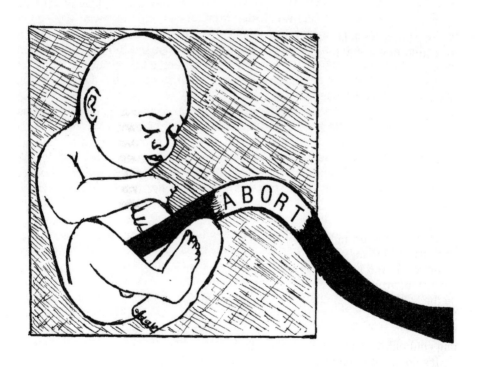

SWIMMING IN THE DARK

The Father

Listen! Before you lay a guilt trip on to me, it wasn't my fault. I assumed —
anyone would — that she was on the pill. And no, I didn't know she was just
sixteen — she looked nearer twenty with all that make-up on.

I can't be expected to ruin my career, my future, for a two minute
indiscretion. The whole affair was as quick as blowing your nose in a hankie.
Some day I may want children, but certainly not by a wee tart like her, with the
IQ of a pygmy.

Yes, I may have led her on for a bit but, hell, all men do that. Women expect
it. A little flattery. A little charm. Possibly I did mention love; women like sex
dressed up like a chocolate box, all hearts and flowers. The whole Barbara
Cartland schmaltz. I pride myself on having a way with words, and with women
too as it happens. But as for mixing my genes with a checkout scrubber from
ASDA — it's not on, is it? And as for paying for the upkeep of some wee bastard
— it'll be hard enough paying back my student loan once I qualify. God! It would
dog me like a bad dream; could turn up anywhere, any time, a genetic
nightmare, a walking blot. What I mean is, if I'm sick, I mop it up. She's the one
who slipped up. She's the one who'll need to have the abortion. Surely she
wouldn't want to keep the thing! Not at her age. A kid, fathered by a perfect
stranger on a one night stand? Nobody could be that thick, that crassly stupid.
Could they?

I'll certainly be more careful where I dip my wick next time around. You
can't trust women, you really can't. Maybe she thought I was a catch, an easy
meal ticket. And I've only got her word for it that it's mine. A girl like that could
have slept around with hundreds of guys — and probably has. So why should I
be the one to bite the bullet? It's not on, playing Russian roulette with sex. I'd no
more choose to breed with someone like her than climb the Eiffel Tower
bollock-naked. I mean to say, she was gagging for it; it was there on a plate. Any
dog could have put its nose in the dish...

It's not a baby really. It's a mistake — a hideous, horrible joke.

The Mother

It's this place. I hate hospitals. I hate machines. The lassie in the next bed's in
for fertility treatment. Fertility treatment! Here's me desperate tae get rid o the
bairn and her desperate tae hae ain. Pity we couldna swop. Life's richt queer, is
it no? Hauf the warld stervin, the ither hauf's overwecht an drappin doon in
hairt attacks.

I've never had an abortion afore. I dinna want tae see the baby, efter like. They say it'll be fully formed. I feel it flutterin an movin aneth ma breist, like a butterflee. I try nae tae think aboot it — that's best. Some folk caa it murder, but only folk that can afford tae hae principles. Mam wad pit me oot if I kept the bairn. There's hardly room tae swing a cat in our flat as it is, and it's nae a nice place for a bairn tae bide in onyway.

When I get mairried, I mean tae hae a big white weddin wi aa the trimmins! And a hoose in the country, wi roses in the gairden. And a big car. And a man wi a real steady job. Then I can leave ASDA and hae my ain faimly close thegither — twa girls an a boy, Darren and Michelle and Julie. It wis Trish frae the grocery section suggested the night oot. "Let's go tae the Students' Union," she says. "There's lots o talent there," she says. "Ay, real nice-lookin guys. An a better class than ye get at the local disco."

I wisnae sure at first, bit aince we got in there and I'd had a few drinks inside me, it wis a real laugh. I've nae problems bein served wi drink — I've never looked my age.

Well, this student wis stood at the bar. A quiet type, better class like, wi black hair and his T shirt sort o fluffin oot o his jeans. We jist got talking, see, had a few drinks, a few jokes, a bittie teasin, and he asked to see me hame. There's a short cut tae my estate through the woods. It's nice there at night if you've got a lad with you — the trees make a rustlin kin o noise an the traffic seems far awa. When the moon's up, you hardly notice the stars. They're just wee pin-pricks up in the sky. It's real quiet and peaceful, ken?

An he said sic nice things, made me oot tae be a great beauty, like I wis a movie star or something. An he wisna rough like the lads aff the estate. It just happened, ken? Ae minute, we were pettin. The next — it just happened. It wisna meant. And I didna think that just the aince it would matter — that I'd faa for a bairn, like. It wis aa ower in a second or twa. I hardly felt onything — just in an oot. I mean, you should feel something when ye mak a bairn, shouldn't ye? I tell you, I didna feel onything. Jist in an oot.

Here I'm sittin in this ward, waitin tae be booked in, waitin tae hae my abortion. I wonder will the bairn feel ony pain when they kill it? It widna ken really, wid it? Wid it? Na, a wee unborn bairn disna understand. Disna ken naethin. I'll be back at work in twa days' time — tell't them I'd a belly upset, the ither lassies. Aa except Trish. She kens.

I wish it wis aa ower. I wish I wis hame in my ain bed, wi my posters and my teddies an my CDs. Mam thinks I'm bidin at Trish's for the weekend. I wonder, will the bairn be buried decent-like?

But I've tae think o mysel, Trish says. I mustna think aboot the baby. Why'm I rockin back an fore? I dinna ken. I dinna ken. I dinna ken.

The Surgeon

You see, we carry out our duties within the constraints of the law, strictly according to the guidelines laid down by the British Medical Association. My personal views don't enter into it.

Er, it's some time since I studied the relevant figures but, in 1985, 18% of all pregnancies ended in legal abortions and 39% of those were carried out on women under the age of twenty. The upper legal limit for terminating a pregnancy in 28 weeks — yes, I do know that babies can survive after a gestation period of 24 weeks, outside the womb with intensive care facilities. The heart begins to beat, for instance, at seven weeks old: indeed, by fourteen weeks, the foetus is essentially fully formed.

I'm well aware that abortion is a highly emotive issue. But consider the alternatives. Girls denied a legal abortion would simply revert to back street abortionists, who'd put lives at risk by insanitary and primitive operations too crude even to describe to those of a delicate sensibility. Every child, in an ideal society, should be a truly wanted child, a planned child. Many of my patients are still children themselves; they're often poor, frightened, horrendously ill-informed about their own bodies and about life in general. Consider the effects that our burdening such girls with an infant can have. A lifetime on social security, no opportunity to enjoy their youth properly. Consider the impact on the unfortunate child itself. A bleak future of disadvantagement, no father, no proper parenting.

I carry out my duties within the boundaries of the law and according to the BMA's guidelines. No more, no less. If the law were to change, my rôle might well change with it. But I'm no lawmaker. I'm a surgeon and my task is to carry out the law to the letter, as a soldier carries out his orders.

The Priest

All life is sacred; the Bible is clear on that. "Thou shalt not kill" is the divine moral imperative, the only law that matters. In my book, abortionists are morally equivalent to murderers. What right has any surgeon — or any mother — to play God, to determine who shall live and who shall die?

If a woman like this cannot face up to the responsibility of raising the child she has created in her womb, then she should hand it over to those who desire children — the infertile, the sterile. We speak so glibly nowadays of Women's Rights — the unborn child has rights too, you must know. Who is there to speak for the unborn ones, the generations waiting in the wings, if not the Church?

In my humble but honest opinion, infanticide and abortion mean one and the same thing — the Massacre of the Innocents. All fertilized eggs, have an inalienable right to Life.

The Foetus

I am the swimmer in the dark. I am a no-thing. Gently, I float at anchor, in my sweet, secret pool, in the warm waters of my natal pod. Rhythmic. rhythmic, rhythmic is the heart beat that feeds me, that hums along my tiny, perfect backbone.

I pulsate with growth. I flicker and curl and turn at my sealed mooring, my narrow bedchamber. I am the swimmer in the dark. I am life, and the longing for life. A twinned budling, the joining of two maps. I am a new territory, unfolding soft and slow as a pink rose, My tiny hands are empty, helpless, reaching out. I have no will as yet, no meaning. I am the beginning, the Alpha. I am a no-thing, waiting for the light.

I am the swimmer in the dark.

THE HAIRST MEEN

The Mowatt faimly bedd twa mile up Glen Dubh, heid o a sma brae luikin ower thon sonsie wee burn that raged fite wi watter in winter, bit in spring wis green wi treelipin, sappy stringles o girse at its sides. The Mowatts' tattie an barley parks lay aroon, smeeth's a maiden's breists, weel-plooed an dreeled, an caimbed clean o iviry steen. Efter aa, ten generations o Mowatts lay beeriet in the auld kirkyaird at the boddom o the Glen, faimly upon faimly o them, fa'd aa plooed the self-same parks. Twis bit naitural-like they'd tak pride in the Hame Fairm o Clashies. Far thon name Clashies stemmed frae, naebody kent, though some thocht twis efter the soun the wee mill burn made fan it ranted doon the brae inno its brither at the fit o the Glen in winter.

The faimly o Mowatts that bedd yonder an fairmed Clashies in the simmer o 1962 wis fyew in nummer. Heid o the hoose wis Auld Dod Mowatt, the patriarch o the clan — a thin, dour, lang, dreich chiel, weel inno the echties. His chooks war roch an fite wi stibble, fur ae skirp wi the razor ilkie wikk wis aa the groomin he bothered wi. His humour wis dry, his natur sherp. As weel's ony fifty year auld, he'd muck oot the byre, fork strae an feed the blaik Clashies' kye in their staas.

Auld Dod's ae loon, Francie, wis forty year the junior, wi blaik hair clappit teetle his heid wi Brylcreem — an that hair cleft wi a pairtin sae shairp ye cud mak eese o't fur a ruler. Francie wis sturdy an gleg wi machinery, sae wis keepit thrang mindin the muckle combine an the three tractors that hottered an birred alang the rigs in sizzen. He wis as fu o music, Francie, as ony kist o fussles — his ficherin fingers an taes cud tap time tae ony tune like a metronome. Ae scrape o a fiddle an the craitur's hale body ettled tae dirl like a clarsach. He'd diddle oot ony auld lay as shair as his faither forkit oot beddin tae the breets in the byre.

Francie's wife, Beldie, tuik tent o the hens an the fairm buiks an the bakin, the laundry, the hoosewifery — a muckle, raw-beened deem, blonde an fernie-tickelt, wi thick reid lips an strang, stench hurdies, aye keepit swack bi chasin Clashies' dyeuks fin they honkit aff doon the brae an ower the muir ahin the burn. She'd gien birth tae twa littlins jist: ae loon caad Dod efter his granfaither, an ae quine caad Nell efter her mither's sister. The aulder o the twa bairns, Dod Mowatt, tuik efter his faither Francie an his great-granfaither, Alec, fa'd bin weel-socht as fiddler at ceilidhs an waddens twal mile aroon. There wis rale music in the loon, an the dominie at the schule trysted it oot. Twid be a dashed waste, he argied, nae tae gie the loon learnin. Bit Auld Dod stude agin it.

"Fit's a dominie onywye?" the auld fairmer girned. "A loon amang men an a man amang loons — a nochtie craitur. Nae a richt man. An fa's tae takk ower at Clashies fin young Dod's aff dirlin up a pianie or sic-like at lassies' soirees?"

Bit Beldie Mowatt ootfaced aa opposeetion, an the heir tae Clashies gaed aff tae Lunnen tae study music at a Sassenach schule, far he learned Sassenach wyes an seldom luikit ower his showder at the fowk back hame, apairt frae screivin the antrin caird at Yule or his Mither's birthday.

"A spylit, thankless, lazy vratch," banned Auld Dod Mowatt. "Yon's fit ye get fur bladdin a guid fairmer wi education."

Nell Mowatt, echt year the younger, bedd on at Clashies. Fur fifteen year, she'd kent naethin mair nur the slaw life o the fairm an the bus hurl tae schule, though sure she'd sune bi leavin yon, thank God, an wad luik aroon fur wirk pairt-time in a nearhaun clachan shop, the easier tae win hame tae Clashies wi the darg o the fairm an its hoose.

"It's Nell sud hae bin the loon," aye said Auld Dod. "She's mair o a fairmer nur Francie'll iver be, or iver wis. A peety she's jist a quine. Some day she'll rise up an get mairriet. Noo, hid ye bit thocht, Beldie wumman, tae get mair bairns!" he banned at his dother-in-law.

Bit Beldie jist tossed her muckle blonde heid. She'd ower muckle tae dae than trail cauld kail throwe the rikk again — she'd let yon flee stick tae the waa — an aff she'd set tae redd oot the chaumer hoosie fur the new man comin tae bide on the Setterday nicht.

The chaumer hoosie wis biggit onno the byre, a cauld, steen hole wi jist the ae electric plug in it an a muckle great fireplace wi a pile o sticks flang in a boxie aside it. Forkietails an wyvers crawled ower the kinnlers that war hackit an riven frae muckle logs gaitherit frae the fairm widdie. The antrin auld body or young loon fa bedd in the chaumer vrocht as orraman — pairt-time, sizzonal wirk; chaip labour tae suit the Mowatt's needs an fit the Mowatt pooch.

The fairmhoose itsel, heid o the brae, wis mansion tae the chaumer, though jist a twa-three strides lay atween the twa an baith sat squar tae the fairmtoun biggins. Aa hid bin clawed, steen bi steen, frae the hills aroon. Back o the fairmhoose grew a gairden o grosers, aipples an rasps. There wis a kailyaird forbye, weel-delled an growthie, wi aa kin o crap, frae green kail tae ticht pirls o sproots. Ayont the fairmhoose, wi its three bedrooms, parlour, kitchie, milkhoose an lavvie, stude a puckle skeps o bees an syne a hale rickmatick o henhooses that leaned thegither like a boorich o auld wives claikin. A twa-three creeshie clorts o chukkens tuckied an tuckied awa the day lang, flechin an powkin an scartin aboot the stoorie yaird: braw clockers that laid muckle roon, yalla-yokit eggies, their wee beady een preened tae the grun sikkin seed tae nab up wi their beaks.

Here, Nell Mowatt hid owersicht o hir kingdom like some kintra queen, hir chukkens aa wi names accordin their natur, frae Tinky Tarry Breeks, the runt o the run, tae Auld Snochrums, creeshie's a buttered bap. An in the byre tae, Nell hid ilkie coo an calfie named, forbye the bull — an he defied names! She wis mair nur a bittickie feart o thon bull, fa bedd cheyned bi a ring throwe his snoot tae his staa, the spittle aye dribblin doon inno the strae at his hooves frae his weet muckle moo as he chawed an chawed the cweed.

"Staun ower, ye bugger," Auld Dod wad growl fin the bull wis trickit oot an groomed fur the antrin show. Though Nell likit fine tae see him wi his fite powe shampooed an washed like a bairn's hippens, an his horns an hooves cleaned o glaur an iled, an his touzles caimbed frae his tail, an the bull-towes biled an bleached, pure's the back o a gull, she wadna gyang near him in the byre, bit cooriet weel oot-ower. He'd aince offered tae goar her faither, Francie, an hid turned on him in the staa, bit Auld Dod hid stude his grun afore him, roared at him, an gied the breet a muckle knell wi his herdsman's stick.

"Dammit, ye breet! Jist try me — I'd like tae see ye," he'd threatened; an the bull drappit his muckle heid an quatened.

Noo Nell's mither wis tirrin the chaumer fur Gibby Craib tae bide in — a gamie's loon frae echt mile aff, bit hame on leave fur three wikks frae the Gordons an broon's a berry frae a tour o the East.

Three wikks wad mair nur see the Mowatts throwe the hairst, forbye pittin siller in the Craib laddie's pooch — eneuch tae spen on a dram an the jiggin on a Setterday nicht wi tither young anes. The hinmaist loon tae bide in the chaumer hid bin a pee-the-bed halflin frae Glen Dav. Auld Dod hid banned him frae tap tae tail, haived oot the bladded mattrass, an gied him an auld-farrant caff bed. "Gin he stoors in his ain bed like a breet bull, he can sleep like ain!" quo he.

Gibby Craib, fan he landed up at Clashies wi his kit bag ower his showder, wis nae pee-the-bed — na, faith ye! He'd a blaik, curly powe an twa o the bonniest green een a body cud wish tae see. Swack an tanned an saft-spukken, he swung bales up like they war cotton-oo, wi aa the virr o nineteen simmers in his rigbanes. Since ivir Gibbie cud grip a hyew, his faither hid fee'd him oot tae the fairms aboot till he cud turn his haun tae ony darg ava. He sattled inno Clashies that easy, he micht hae sprang frae the verra reets o the place. His ilkie meal wis taen at the Mowatts' table an efter twa nichts Auld Dod Mowatt spakk tae the loon as if he wis faimly — aye, close-inbye faimly at that, giein the laddie mair respeck nur iver he'd shawn Francie, or young Dod; an far, far mair nur he'd gien Nell in hir hale life.

Gibby cud dae nae wrang in the auld man's een, wi his hinneyed tongue an buttery-lippit wirds, an twisna lang or Beldie Mowatt hersel thocht him a gey graun chiel. Bit fin the Mowatts warna luikin, the young sodjer's shairp glisk fell on the fifteen year auld quine, an his twa een kinnelt. Gibby Craib wis eesed tae wirkin wi aa kin o breets . . . kent foo tae wyle timid craiturs ower tae truistin him. Pairt o his keeper faither's natur wis his anna. Fin Nell gaed oot tae feed the chukkens, he'd wauk aside her, wi braw tales o farawa airts an fremmit fowk. Syne, Nell's een wad grow roon as ashets. Fin she milkit the ae coo that her mither keepit in the byre tae haud the parridge gaun wi cream an the scones wi soor milk, he'd happen by tae fork the strae.

Or whyles, he'd brush teetle her as they passed ane anither in the fairm lobby, comin or gaun tae the kitchie; an a queer souch wad takk haud o her, sae's she'd lang tae sikk kisses frae him. Aince, at the hinner-en o the chaumer waa, he did kiss her — an there wis sic a sweetness an pouer in thon kiss that her hale warld gaed tapsalteerie, an the thump o the bluid at her hairt quickened an sped like a racin bawd fleggit wi the crack o a shotgun. Efter thon, her braith flichtered finiver she saw Gibby Craib, an her young quine's fancies turned tae coortship, an merriege, an littlins — aa ower ae kiss o a simmer's efterneen.

Bit syne, he sterted coortin a lass frae a neeborin fairm, an Gibby cheenged his wyes tae Nell, turned cauld an queer an distant, though he bedd aye the same couthie, cheerie birkie tae the lave o the faimly. The quine grat sair inno her bowster the antrin nicht — bit a brukken hairt's quick mendit wi a bittie thocht, an she jaloused that, efter aa, she wis mebbe the better wioot a suitor-chiel like Gibbie Craib, sae braid-traivelt an wyse forbye hersel.

The hairst wis weel-forrit noo an the fowk o the fairm cam hame ferfochen ilkie nicht, worn oot bi lang days in the parks as the blades gaed skelfin throwe the rigs o barley like a knife ben butter, teemin oot the bales o strae ower the grun fur the hairsters tae bigg thegither like hooses, dryin aneth the birsslin hett o the plottin sun. The menfowk raisse airlie an beddit late. The fairm toun, its kye an its chukkens an its dyeuks, sleepit quate aneth the muckle roon ee o the hairst meen.

Ae nicht Nell wis wakkened o a suddenty bi the soun o fitsteps pammerin intae the ben room — the parlour far her mither's ain cabinet stude, stappit fu wi cheenie. Her granfaither wad caa her gype if she cried on him, Nell kent, fur the auld hoose wad aye creak an skreich as its auld timmers raxxed an sattled. Bit still, she creepit doon the stair in her thin, fite cotton goon, barfit an saft's a moosie sae's nae tae wauken her fowk. Inbye the parlour, booed ower the cheenie cabinet, his grip hard aroon a bottle o her faither's fusky, stude the chaumer loon, Gibby Craib.

"Weel, weel," he fuspered saftly. "If it's nae young Nell hersel. Cudna bide awa. Come awa an gie's yer news, wee Nell."

The lass bedd reeted tae the spot. Throwe the winnock, the muckle yalla hairst meen teeted in, as if tae say, "Aye, aye, fit kinno crack here?"

Like a powser, Gibby breenged ower the saft carpet, fleered her at ae lowp an brocht his mou doon ticht on hers. Yon wis a coorse, breet-like kiss that bruised her saft lips. Nell cooriet back, dichtin the ugsome spittle aff her mou. Syne the sodjer loon grabbit a haud o her showders an preened her teetle the back o Dod Mowatt's ain airmchair, keepit fur braw in the ben room, spick an span an spotless. The quine focht tae haud him aff bit the chiel wis ower strang. His lust wis stench an kinnelt quick inno a bleezin lowe; the quine wis dweeble

20

in his airms as ony twig furled doon the burn in the spring thaas.

"Gibby, I'll skirl," she fuspered, hairse an fleggit an chitterin.

"Och, Nell, bit ye winna dae thon," quo he. "Fur ye widna want tae steer up a richt wasps' byke. Ye're staunin there near-nyakit in yer goonie — I'm nae in your room, min'! Ye cam here tae tryst me on yer ain twa fit — min' that! I'll say ye war beggin me fur't — they'll nae believe a feel young quine like Nellie Mowatt! They'll caa ye hoor an slut — an a hantle mair bonnie wirdies. An they'll niver luik ye clean an open in the face again!"

Nell sabbed sounlessly aa throwe the rype. Ane bi ane, her flooerie notions o luve, o romance, o coortship war smashed like chukkens' eggs drappit on a cauld steen fleer, like a paper promise torn up an riven inno a hunner bittickies. The pain o the deed itsel, the sair rivin o her maidenheid, wis like a knife grallochin a deer. Throwe aa the shudder an yark an terror o't, she felt the reid bluid treetlin weet doon her thighs frae the brukken yett o hir wame, mellin wi the saut spunk frae the coorse gruntlin chiel atap hir. An aa the fyle, her pulse gaed whump. whump, whump, like the hairt o a mappie trapped in its burrow, stricken bi the futterat's chafts.

She micht hae gaen clean gyte, catched in thon bruckle, brukken, dweeble coggie o her quine's body — bit her ain mind, yon free speerit that wis Nell hersel, flew far awa frae thon ben room, far frae the derk shadda o the ledder airmcheers, blaik oorie watchers in the midnicht oor, hunched aroon her sacrifice like yon muckle great steens o the auld Picts' tinchel, tap o Glen Dubh. Her thochts wannered free tae blythe simmer days, picking flooers bi the Linn. Twis like the horror hid cam tae some ither body, tae some weak, wirthless craitur that wis ower fushionless tae tak tent o itsel. The speerit o the terrifeed quine raisse frae the pinioned body, geckin lichtlie doon at ryper an ryped. It cud hae bin twa meenits; it cud hae bin twa oor: twis ooto aa time, like a nichtmare.

"Takk tent," fuspered Gibby Craib, the sodjer loon, as he drew oot frae her, staunin upricht an steppin back cannie-like, luikin left an richt, gin he wis bein hunted hissel. "Nae a wird, lass, aboot this tae onybody," he hissed, clappin his haun ower Nell's mou. "The morn, ye'll niver ken it hid bin. Ye'll think twis nae mair nur a dream. Onywye, it hid tae cam sometime, — as weel me as ony ither. An I'm nae that bad-luikin, eh, Nell?"

He raxxed oot his haun tae touch her chikk bit she jinkit aff as if he'd struck her an cooried awa, chitterin.

"Hae't yer ain wye, quine," quo the chiel. "Twis anely a bittie fun. Maist weemin thank ye fur't. It's jist hurts a bittie sair the first time aroon."

Turnin on his heel, he padded aff athrowe the sleepin lobby like a reivin tod. Nell slumped, hir face tae the waa, syne slid tae the fleer. Pouin hir thin, aince-fite goon atween hir hauns, she ettled ower an ower tae rub oot the merk o thon nicht's wark, bit her hauns shook sae muckle she anely spread hir goon's damp stain the mair. An aa yon fyle the hairst meen (wis it no an unco thing?) hung there in the lift, yon hairst meen that hid seen aa, kent aa, lichtit aa. Glowerin doon wi its ae cauld, wersh ee, it niver meeved nur murmered — bit luikit on, a steen-dumb witness, the icy, cruel hairt, in the mids o the hairtless heivens.

THE PLAGUE OF GUFFIES

And it came to pass, in the days of the Black Gold that poured forth from the North Sea and polluted the beasts of the ocean, that the Prophet of Profit, she that they calleth the Iron Lady, spake thus to the children of Grampian:

> "Lo! a great blessing is come amongst you. Blessed are the children of Grampian, for their streets shall be paved with gold and they shall dwell in palaces: yea, and their children's children likewise, even unto the tenth generation. For I have commanded that great rigs shall be built like paps in the sea, that they may give suck to pipelines, and the children of Grampian shall know great wealth. And their city shall be called the Dallas of the North, and international bankers will kneel down and worship them".

And the children of Grampian gave thanks to the Prophet of Profit, for she foretold truly that their land would overflow with silk and money. But word reacheth the ear of a tribe, known as the Guffies, that the Land of Grampian was a great land, overflowing with rich Black Gold. And lo! a plague of Guffies descended upon Grampian, even as the locusts of old descended upon the Children of Pharaoh, and the Guffies waxed strong and mighty, and smote the children of Grampian with their Access Cards, and Visas and Old School Ties.

And how grievously then did the children of Grampian lament and rend their clothing, for they were cruelly afflicted indeed. Their houses were sold into the hands of the Guffies and they strayed to and fro, crying bitterly:

> "Wherefore is there a Cooncil Hoose?"

But there were no council houses; for they had been sold into private development, that the tribe of the Guffies might increase greatly.

And the streets of Grampian were thronged with beggars bearing placards and crying sorely,

> "Hungry and Homeless! Hungry and Homeless! The Iron Lady hath promised us great wealth and lo! we have been given a mess of pottage".

And the children of Grampian were indeed strangers in their own land, for their Doric tongue was drowned in a Babel of Guffies. And yet more and more Guffies descended upon the land of Grampian, until the fields were choked with semi-detacheds. And the prices rose and rose, until none but the Guffies might flourish.

Verily, dark then and dreary were all the days of the children of Grampian!

And all the seas that girt the Grampian coast lay thick with sludge and dying seabirds until, with one voice, all the children of Grampian called upon the gods of the North East to deliver them out of the hand of the Guffies. And the gods that sleepeth upon Bennachie, upon Clachnaben and upon Lochnagar waxed exceeding wroth, and poured forth snow and ice upon the Guffies, until all the centrally-heated, semi-detached Guffie citadels were laid waste.

And one by one the Guffies departed out of the land of Grampian and returned unto their own country, for they liketh not the biting wind, the white snow and the black ice. But the children of Grampian remained, for they were hardened to the winters and the Arctic wastes. For what man of Grampian has not stood at the gate of the Monkey House and suffered his bollocks to be frozen by the chill North Wind?

And lo! The oil dried up, and the homes of the Guffies fell empty, and once more the children of Grampian came into their own; for truly it is said,

"Let not the Guffies overwhelm the Doric tribe, for of such is the Kingdom of Grampian".

II

THE CHIPPED-PLATE PERSON

I came to Aberdeen in the sixties.

"Why Aberdeen?" my friends asked.

"Why not?" I answered. A Health Visitor works wherever there are people. Whether the climate is tropical, arctic, arid or temperate, there are folk; and where there are folk, there are medical problems. In a sense, coming from outwith a community gives me an edge — I am not interwoven with its intrigues, its gossip, its undercurrents. I'm an observer; a detached helper.

Soon after securing this post with a west end city practice, I found a small flat in the neighbourhood. Generally this is discouraged, living in the same area _ it's the goldfish in the bowl syndrome. But I have never experienced difficulty in maintaining barriers. "Such an expressive face," my nurse tutor used to say of me. "Your lips may be sealed but your eyes speak volumes."

After the industrial sprawl of Newcastle, Aberdeen was picturesque; very clean at that time and almost a picture postcard town then. The sixties, for Aberdeen, were largely cosmetic — I always had the conviction that, underneath the veneer of mini-skirts, platform soles and hippie beads, the Aberdonians remained stolid North-East citizens, rock-solid in their sense of identity and of community. Any suggestion of an enduring commitment to sixties' mores and fashion was mere whitewash. Pick off the icing on top and the cake itself was mature, compact and slightly heavy, not the stuff of candyfloss, psychedelic, drug-induced dreams.

Mrs Simpson was one of my "young mothers" then — if the term "young mother" is appropriate in the case of a thirty-five year old woman with a child of four already toddling around. But then, Mrs Simpson tried desperately to clutch at the illusions of youth — her blonde hair hung round her cheeks in a stylish, sleek bob; her eyes were deeply adorned with mascara; her lipstick was a youthful peach; and her mini-skirt, despite her recent confinement, was hitched to an almost revelatory elevation over her thighs.

She was also a neighbour, staying about four doors along, so I paid my obligatory calls to her at the end of my weekly round. The new baby was immaculately clean, a little girl named Rosie, tricked out in flounces and satin ribbon and the softest of lacy shawls. The house was perfumed — cloyingly so to my own antiseptic taste — with dishes of pot-pourri at every corner, perched on small rustic tables draped with lace and gingham. Mrs Simpson's husband was a merchant seaman, conveniently home for the birth, a large, handsome man who looked too ungainly in his manliness to fit into the doll's-house delicacy of his wife's parlour. He lumbered around like a bull in a china shop. She had drilled him well though. Mr Simpson's home leaves were spent cleaning and decorating: I doubt if he had one minute's peace in the day, even though Mrs Simpson wasn't the kind of woman to raise her voice.

No — she was more subtle than that. She would use the excuse of her recent pregnancy; before that, she would have pointed out the imperative of his husbandly duty, or the fact that the neighbourhood demanded a certain standard. Such dictums were always voiced in plaintive, wheedling tones that veered from a kind of little-girl pleading, to scolding, to peevishness, to seductiveness. As Mr Simpson stomped around the house, adjusting shelves or stripping wallpaper, as the fashions in décor came and went, I used to wonder how he spent his days on board ship and speculated whether he yearned for the cessation of his home leave and a return to the blessed relief of true man's work in an ambience of spit and sweat and semen.

As I have said, there was a toddler already born to the couple, Ashley. She reminded me of a solemn little doll as I watched her, seated by her mother's mirror, brushing her long, corn-coloured hair.

"Beauty's so important," her mother stressed to me. "I always encourage Ashley to take care of her looks. Nobody loves ugliness. And there's no need for ugliness, is there, Miss Masson?"

Ashley turned her large, china-blue eyes to stare at me. They were old eyes. Defeated eyes. But beautiful as a painting or an ornament can be; decorative as Dresden.

"I'm not a chipped-plate person, you realise, Miss Masson," her mother continued. Not a chipped-plate person at all! No, I'm afraid I demand perfection. One flaw and out it goes — cup, plate or person." Her accompanying laugh was high and brittle.

I wasn't surprised in the least when, shortly before the baby's first birthday, Mr Simpson sailed off to Hong Kong, never to return. How he had come to chip his plate I never discovered but I was happy for the man. It must have been suffocating for a seaman accustomed to the bracing sea air to have been forced to breathe the sickly-sweet perfume of prissy femininity. I imagined him hoisting the Jolly Roger off a romantic Caribbean island, though most probably he was only scrubbing out some tin barrel of a ship's engine in the tropics, inhaling alternate wafts of tar and rum.

As a Health Visitor, I should have applauded Mrs Simpson for keeping such a beautiful home and for raising two such beautiful girls. But inwardly, I recoiled. All my training insisted that the children were well-kept, meticulously cared for and properly brought up. But a wild rose blooms better than a pot plant. Everything, everybody needs a day in the sun, a sense of freedom, an openness to the elements of weather, of life, of emotion.

Anyhow, I saw them grow up from a neighbourly distance, Rosie and Ashley. They usually played together. Mrs Simpson discouraged them from mixing with other children. "This is a nice neighbourhood, Miss Masson," she remarked, "but even a nice neighbourhood has stray dogs. I don't want Rosie or Ashley picking up dirty words or dirty habits."

Here she dropped her voice to a shocked whisper. "That charming Dr Haskins' daughter, Claire, at the corner. You can't imagine, you'd never guess. I saw her, with my own eyes, drop her pants in the back of the garden and pee! And — I can hardly bring myself to say this, wouldn't have believed a child capable of such depravity — she turned up her b.t.m for the Haskin's collie dog to lick!"

I smothered a laugh, feigned horror and left. Claire Haskins was a tough wee thing, with a child's perverse sense of humour. To class a six year old scrap of humanity amongst the depraved struck me as ludicrous, and rather sad. Rosie and Ashley Simpson would never have dreamt of peeing outside, even if their tiny bladders had been full to bursting, like pressure cookers. They played together in quarantine, as if their peers were social lepers. They played together solemnly, in secret, with beautiful plastic toys which were always clean as a whistle.

And so they grew daily in beauty and perfection. Ashley, always the more serious, eventually left home to take her chance in the world of modelling in London. "How's Ashley doing?" I would ask Rosie or her mother. Invariably, Ashley was doing swimmingly. At first she came north frequently to visit the home and I learned she was getting small modelling assignments between part-time work as a receptionist or beautician.

Rosie was next to leave, snapped up quickly by an oil-rich migrant worker. As decorative as her mother, Rosie nevertheless had a dash of her father's stubbornness and independence. Her marriage, I concluded, would be choppy but never dull — while it lasted.

Then one summer, Ashley came home for three weeks. During the first fortnight she never left the house and the only indication that she was home at all came from the glossy magazines that Mrs Simpson started buying at the corner shop. And it was at the corner shop that I bumped into Ashley, on the last week of her holiday. She looked pale, washed out, ill. Round her neck she was wearing a small gold key on a thin chain. For no apparent reason, I recalled the nursery rhyme, The Key of the Kingdom, and wondered what was so precious that she would wear the key constantly round her neck. Then I dismissed the thought. After all, we had now moved into the Punk era and youngsters were wearing dog chains round their necks, and metal hoops through their navels for God's sake.

Over the years thereafter, Ashley's visits grew scarcer and scarcer. Ripples of gossip occasionally washed into my back yard, leaving the odd tide-mark. The modelling work had dried up; Ashley had been seen waitressing in a seedy Soho club; the manager there had been taking an interest — a wealthy Cypriot with a flop of hair as black as a squid, charming, unattached and heterosexual, whose business tentacles insatiably trawled the darker waters of London clubland. Mrs Simpson, I gathered, had cherished hopes that Ashley, with her striking looks, might marry the man. It seemed though that, in London nightclub life, beauty was common coinage, debased and passed around like small change.

"I've heard about these London clubs," muttered the newsagent as I collected my daily paper. "The hostesses are shared like joints of hash, taken home and filled like milk bottles." Sadly, I had thought much the same.

Then I heard that Ashley had contracted diabetes and was working in a sweat-shop sewing up tee-shirts.

Her mother yielded to age reluctantly but, at the end, very quickly. It was hard, I surmised, keeping up the pretence of youthful vitality into her sixties. The blonde bob and the chic fashions looked well from behind — but when the wearer turned, it was like receiving a slap in the face from a wet cod. The features were coarsened with wrinkles and flaking skin, the jowls were sagging, crow lines cracked and baked around the eyes like a crusty loaf. By now, I was close to retirement myself and had taken the post of matron in one of the local nursing homes. Mrs Simpson was one of my first admissions.

Once she had admitted to herself that beauty, the one divinity in her life, had abandoned her, she sundered like an old pot. Her younger daughter visited. Ashley had given up her work in London and had returned to the family home. Once, I almost asked Mrs Simpson why Ashley had chosen to let her enter a nursing home instead of caring for her personally, but then I remembered that Mrs Simpson had never been a chipped-plate person and that her own plate now lay fractured beyond repair. It would have been too harrowing for her to share the chintzy little parlour with her still good-looking daughter — too many memories, too many mirrors, too many echoes of the past.

And so the pattern established itself. Ashley found work locally, in the newsagent's. Twice a week she visited her mother. Always she brought food. "It's disgusting the way that Mrs Simpson's let herself go," muttered one of my care workers. "Soon it'll need a crane to lift her. She used to be such an attractive woman too, a perfect beauty." I looked at Mrs Simpson with renewed interest, though not, I confess, with any great warmth or sympathy. Beauty may be pleasant to look at but, as Mr Simpson would doubtless have attested, it is not necessarily pleasant to live with. Perfection is never comfortable or easy to rub shoulders with. Too many of us, after all, are cracked plates and few ever attain the porcelain purity of a doll. Now the doll itself was old and its porcelain crazed — but it was still dismissive of anyone else around who was less than perfect.

It was Ashley's behaviour that fascinated me now. Each visit, she would bring her mother three of the largest, stickiest, sweetest, calorie-crammed-to-capacity buns she could find, and she would take an almost sadistic pleasure in feeding them to the old woman, fanning her greed, accelerating her decline into sloth and obesity; delighting in turning her mother into a travesty of all she had once been.

If it was retaliation for a lost childhood or for her mother's household worship of the false god of vanity, it was certainly a savage form of revenge, and very, very effective. In the space of a few months, Mrs Simpson bloated, rotting rapidly into a fat, degenerate, sick and feeble old crone. It was an object lesson in the assassination by stealth of a living human being. There was no kindness in Ashley's eyes as she looked on the old woman wolfing into the food: but there was ice; and naked hatred. I would have stopped Ashley's visits had it been reasonable to do so: they were as beneficial as gangrene to the recipient.

"But she's so kind to her mother," my assistants remarked. "Always brings in treats for her." Every time that Ashley visited, my eye fell on the gold key around her neck. It intrigued me greatly, for I love challenging puzzles — and this one seemed as if it might never be solved. Diabetes provided the answer. One very warm day in June, Ashley Simpson was taken unwell in the middle of a visit to her mother. She had wheeled the old lady outside into the garden to feed her the cloying confections she had brought; otherwise we would have noticed and intervened sooner. I was busy with administrative work when a junior care assistant came running to raise the alarm, flushed and panting.

"Mrs Simpson's daughter's unconscious," the girl blurted out. "Does she take any medicine you know of?"

The Simpson's home was not far away. As a neighbour of long standing, and in the absence of any close relative, I felt obliged to do what I could. There were no pills in Ashley's handbag but the house keys were there. And there was the key round Ashley's neck too. That could well unlock a medicine cabinet. Many people carried medical gimmickry nowadays... Thus I rationalised it to myself as I slipped the chain up and over her head before the doctor arrived. Five minutes' brisk walk found me outside the Simpson home. I opened the unlocked door and made a brief reconnaissance of the flat. It had changed little since I'd first stepped inside so many years ago. Stuck in a time warp, it seemed — the same chintzy gingham, the same pot-pourri scents, like some Victorian nosegay of dried herbs. There lay the same cosmetic paraphernalia on the mirrored dressing-table: hairbrushes, tweezers, paints and potions. And then, by the side of Ashley's silken, scented bed, I saw it. A strange, upright box, the mate to the key that lay in my hand. This was no medicine chest though — not functional enough for that. And yet it was placed so strategically close to the bed, as if the owner wanted it to hand always, needed to have it there, continuously present, like the heroin user's fix.

I found her insulin in the bathroom, where I expected it to be. I should have left then, respecting Ashley's privacy. But I was so curious: so very,very curious, you see. And one quick peek would harm no one. Nosiness triumphed over restraint.

I expected love letters perhaps; or jewellery; or money. I expected anything but that! Even after years of nursing, of dealing with life in all its stages, from birth to death, I drew back at the sight. Inside the upright box stood a glass jar, filled with formaldehyde. And within that embalming fluid there curved a perfect, five month foetus of suspended clay.

Beautiful, it was: the tiny fingers and toes, the sleeping eyes, the formed body. A baby girl — Ashley's own baby girl, I realised, the aborted offspring of a soured affair between a London waitress and a Soho club manager.

She could never have brought it to term, have borne it, with her upbringing. But now Ashley had it always beside her. Locked away in its private kingdom, a sleeping princess. And — as Mrs Simpson would have been the first to admit — quite, quite beautiful, for what she would have termed a chipped plate person.

FLY ME TO THE MOON, MR RACCOON

When Fred Foster Head of Features, asked Jean Morrison what she was doing on Friday and Saturday next weekend, she tensed like a prodded sea anemone, Fred having something of a reputation in the newspaper office as a sexual predator. However, his blandishments were usually directed at the young and nubile, blonde marshmallow types, all soft and pretty and yielding — not at middle-aged boilers like herself.

"I've got some Air Miles to use up, and a hole to fill in the main Weekend Feature slot. You like eating out, don't you? Book yourself a return flight to Toronto and sample British Airways' cuisine. We'll call the feature, 'Air Fare'."

Jean's spirits soared — then fell again, as Fred went on. "It'll just be the round trip. There and back, You'll manage to grab a couple of hours in the city but the budget won't stretch to accommodation. Besides, you'll need to get home to recover from jet lag. You've to cover the Stonehaven Rotarians' Charity Race on Monday, mind. I take it you've got a valid passport?"

Yes, indeed. Jean had possessed a passport for years. She'd never flown before, though she wouldn't have admitted that to Fred Foster. In the age of jet travel, where everyone from the editor to the cleaner zoomed off like swallows to foreign parts as a matter of course, the admission that she was an aeronautic virgin would have seemed tantamount to announcing she'd lived her whole life in Aberdeen and never eaten a fish supper. That Friday morning, therefore, found her packed, and packaged in a taxi, heading for the airport through the dreich, depressing drizzle of a typical Scottish summer forenoon.

"Kids'll probably have a party when you've gone — and wreck the place," remarked the taxi driver lugubriously.

"Actually," retorted Jean tartly. "I've no kids. Just Felix, my cat."

"Hope he doesn't get fleas," said the taxi driver, determined she should leave on a sour note. "We left our cat with neighbours once and the environmental health folk had to fumigate the entire bloody house."

He then proceeded, sadistically, to recite the whole life-cycle of the flea, before closing with a few choice anecdotes of cats he'd known who had been flattened by lorries or fed to the populace by unscrupulous local restaurateurs.

"Have a wonderful break," he called after her as she moved off towards the terminal building. "Just pray the engines don't pack up!"

Struggling up to the entrance, Jean passed a wheelie bin festering in the drizzle, pregnant with seagull fodder. A haddock's spinal column trailed down from the top of this unsavoury mound. Haddock, she recalled, was Felix's favourite tit-bit. She winced: Felix had been locked out, to take pot luck for two days.It's summer, she'd rationalised to herself. He stays out all night anyway, she said soothingly to her conscience. He can just as well snore under the shed as on top of the sofa, she lied to her misgivings. Besides, she'd left tins of cat food and packets of cat treats the length and breadth of the neighbourhood, for caring friends to feed him if he seemed distressed. Felix couldn't catch a cold, let alone a bird; he was a lazy cat, saggy but extravagantly affectionate.

Having nothing more than hand baggage, she was quickly checked in and able to go to the departure lounge for a sustaining coffee. This was another world, very affluent, very chic. You could have lit candles on the floor and taken communion off it, unlike the fetid, rubbish-strewn wastes of the city centre. Square panels of light were set into the high ceiling. From there, the fluorescent gleams were reflected with diamond sharpness in the surrounding mirrors; they fell with a dull glow on marble-top tables, lay as small pools of light on the shiny temples of the coffee drinkers and glanced as commas of white on the black iron swirls of the wrought-iron table legs. Here and there, a pin-prick of yellow flashed from the gold links of a Rolex watch. The panels of light gave an odd, honeycombed effect to the airport building: the people seemed to resemble human drones, drowsing and languishing in the limbo of the waiting areas. Everyone was waiting; everyone was in transit, subdued yet expectant.

Busy workers kept the stream of arrivals and departures flowing on their way, as cups and cutlery clinked and chinked and shone. The British Airways flight to Heathrow is now ready for embarkation. Would all passengers now proceed to Gate Five, said a disembodied voice, like Moses delivering an edict from Mount Horeb.

Jean clambered up the metal steps into the body of the craft, shuffled in line towards her allotted slot and plumped down beside a balding Aberdonian and his young, pretty wife. Once the pre-flight niceties had been completed, everyone clicked into seatbelts and the plane itself slewed round into the take-off runway, like a skier traversing Mt. Blanc, before coasting off into the heavens.

"Going far?" her male neighbour asked, looking remarkably like Friar Tuck with a Doric accent.

"Visiting friends," Jean lied. "In Toronto." It was so much easier than explaining she was a journalist. People had views on journalists, very definite views on those employed by the local press in particular.

"Toronto!" cried the man. "We were in Canada last year. We went to the new Casinos there."

His wife entered the conversation: "The kids told us we'd be losing their inheritance. But we just said we'd already lost their inheritance and were working our way through the grandchildren's money!"

They both laughed uproariously, then lapsed into total silence for the remainder of the brief flight. It took longer to drive to Braemar, reflected Jean, than to fly to London. At least there were no sheep or tractors blocking the heavenly flight paths. From above, Jean looked down on the clouds — a snowy prairie roamed by ghostly bison. Occasionally, the clouds broke to reveal caverns of cerulean vacancy beneath and, to Jean's surprise, she found they were flying over the sea.

A steward who could have been a Cockney Crocodile Dundee, very tanned and with a toothsome grin, trundled his trolley forwards, dispensing coffee and chat. He was camp but kind. Jean imagined him nursing the wounded in the Crimea. He was the very type of boy who'd be good to his Granny. She felt comfortable and looked-after, as he dispensed her refreshment. The flight, as the saying goes, passed like a drink of water.

The arrival at Heathrow, however, was daunting. Human traffic jams were anathema in the great arteries of the airport: everyone was ticketed, docketed, screened and scrutinised, stamped and vetted and accounted for — human cargo, impersonal as crates of bananas on a dockside.

". . . All passengers carrying boarding cards may visit any of our restaurants for a meal up to the value of £8.00 . . ." came a treacly whine over the tannoy. The Aberdonian in Jean perked up. Clutching her boarding pass, she rushed to the nearest eatery, scanned the menu and opted for "poached salmon with chips" at £7.99. "Poached" was an unfortunate term: her father, God rest his soul, had been adept as a salmon poacher. In Jean's childhood, salmon had come to the table savoury and fresh, a gastronomic orgasm.

Her platter, when it arrived eventually, contained a slab of wilting piscine putrefaction impacted with every bone from the King of the River's anatomy. Jean spent fifteen minutes weeding bones from her teeth. On the way out, she presented her pass at the cash desk. The young cashier frowned.

"But you're not going to Beirut, madam," she drawled. "Only passengers delayed for the Beirut flight are entitled to a free meal. That'll be £7.99, please."

Jean smiled sweetly. "Compliments to the chef and ask him if he found that salmon in a home for geriatric fish. It tasted like a mummified Pharaoh."

"Can't say I've ever tasted Pharaoh, madam," returned the cashier tartly.

From there, Jean wandered into the heady-fragranced selling fields of the duty-free zone. Like bees in some lush meadow, buyers hovered and sniffed round the counters where exotic perfumes blossomed like rare flowers. Plump matrons, nosing their way like honeybees, lingered and fingered the phials of aroma — Yves St Laurent, Ivresse, Opium . . . Rare whiskies, silk ties, Pierre Cardin bracelets glittered and gleamed like dewdrops sparkling in an artificial garden of delights.

It occurred to Jean that she could buy a packet of duty-free cigarettes to distribute among her cat-sitters, the Felix neighbourhood watch scheme, on her return. "What's the best and cheapest brand?" she asked a stony-faced assistant.

"You're from Scotland, aren't you, madam?" inquired the girl icily.

"Well, actually, yes. Aberdeen . . ."

"And do you find many tobacco fields growing there?" came the next question.

35

Taken aback, Jean answered in the negative.

"In that case, madam," continued the assistant, with heavy sarcasm, "I should inform you that all tobacco is basically the same — tobacco."

Crimson, Jean grabbed the nearest pack of cancer sticks she could see and dashed out to the milling crowd of travellers pushing towards the gate leading to BA Flight 3018. Carried onwards by the impetus of the crowd, she caught a glimpse through the vast window overlooking the runway. Rows of planes, like grounded albatrosses, sat frozen, rigid as birthing mothers in a maternity ward, pumped full of epidural anaesthetic, paralysed until released by their obstetric pilots. Meantime, people of all shades of colour, culture and religious persuasion mixed like some vast Irish stew and were duly dispersed to their allotted places. Terrified of heights, Jean had booked an aisle seat. To her dismay, it was occupied.

"Excuse me," she said timidly to the Arab gentleman ensconced in her rightful place. "Excuse me but I'm booked to sit there."

"Nuh!" he grunted, gesturing forcefully towards the middle seat between himself and a second Arabian gentleman.

Crestfallen, she sat down. It would be a long, long, transatlantic flight and she was not assertive enough to cause an international incident. The engines revved up and the plane sprinted along the runway like an electrified eel. Miraculously the wings stayed on. London, rapidly receding, began to resemble a child's Legoland.

Like a blinkered lighthouse, Jean found her mobility was severely restricted — indeed, she could experience freedom only with the bare soles of her feet. To her surprise, she found an array of controls embedded in the arm of her seat. Courtesy of the headphones clamped to one's ears, she could dream to a symphony, join in a Rastafarian knees-up or croon along to a smoochy, smaltzy ditty sung by a cosmopolitan chanteuse. There was New Age whale song and tunes to "rock your socks off", as the DJ quaintly expressed it. What other wizardry lurked in the recesses of this great metal bird, Jean wondered. When you sat in the loo, did it provide Swedish massage to the nether regions?

Prompted by this thought, she decided to visit the toilet, an incredibly cramped affair but Nazi-like in its efficiency, perhaps raining down quantities of frozen excreta over the Atlantic. Returning to her seat, Jean squirmed between her two Arab companions like British meat in a Baghdad sandwich. The breathing of the surly Arab who had ousted her was stentorian and strained. What if he died? When you died at sea, they shot you into the drink in a plastic bin bag, like a discarded tampon. What happened if you snuffed it in a Boeing? Would they wheel you on a trolley along with the empty coke tins and crumpled crisp packets? Would they cart you off and stow you in the hold with the suitcases? Would next-of-kin (ie Felix) be entitled to a refund?

Recollecting that she was there to write an article on "Air Fare", Jean accepted a small bottle of wine from a passing trolley. "Chateau Latour de

Mirambeau" . . . a cheeky wee Bordeaux. Her neighbours, the Arabian duo, opted for orange juice. She must, she reflected, seem dissolute and decadent to her mute companions, whose noses were screwed up like Protestants being fumigated by clouds of Catholic incense. Looking round, Jean suddenly discovered that the rows behind and in front were occupied by a contingent of orthodox Jews, with long ringlets cascading over their ears . . . However, as the miles melted away with no major ethnic confrontation, Jean relaxed and began to enjoy the canned music purring through her headphones. The music was cross-generational, cross-cultural. At home, moored and berthed in her North-East harbour, she would have automatically tuned in to strathspeys and reels; here, where she was rootless and transient, she experienced a kind of liberation — an un-becoming — a welcome anonymity. Social norms were suspended.

Dinner rumbled along. There was, she thought, more packaging than protein around the rectangular slab of chicken lurking beneath the panne pasta and light cheese sauce, garnished with broccoli florets. "Chicken puttanesca," it said on the menu card. You never saw a rectangular chicken in the wild. Very clever, that: the way the chef managed to serve up circular shaped cows or square cod . . . "

A dollop of dinner fell from her neighbour's fork and dribbled down his tie. The broccoli florets looked more like fricassée of frog than vegetables but no doubt they too had had a long and tiring journey. The fresh garden salad, though, with Italian dressing, was all that a well brought-up rabbit could wish for. The traditional English trifle fully fitted its description — no nasty surprises there — and the coffee when it came was strong and flavourful. Feeling luxuriously pampered, she took advantage of the in-flight courtesy drink and ordered a liqueur. The air hostess handed her an elegant miniature with a cream and gold label proclaiming "Courvoisier" in purple Roman lettering. Napoleon's tipple, it tasted like paint stripper to Jean's unaccustomed palate, burning her gullet all the way down. Yet, swirling in the glass, catching the rays from the adjacent sun, it glowed like liquid bronze, like the shield of Achilles. It looked magnificent: a shame it tasted like red-hot lava laced with meths.

By now, her left-hand Arab had been gone for some fifteen minutes. Was he on a suicide mission? Was he planting an incendiary device? These worrying suppositions were soothed by Beethoven's Emperor concerto on the headphones until, to the subsequent clash and tumult of Rimsky-Korsakov's Sheherezade, the plane hit a patch of turbulence. Now she knew how Columbus had felt, in the teeth of a force 10 gale.

Canada's coast finally swung into view. Down through acres of air they ploughed, past sleepy galleons of cloud, until the pilot announced they would soon be commencing the descent to Toronto Airport. All that way there, she thought bleakly, just to tramp around the streets for an hour or two before jetting back again. Jean was starting to feel like a ping-pong ball as the plane bounced, bobbed and slewed to a long, extremely protracted halt. Her Arab neighbours, who had spoken not a single word the entire journey, grunted to each other, rose and trundled off. Maybe they're telepathic, Jean mused. The contingent of orthodox Jews incongruously tramped off behind them. She followed the remorseless tread of feet to the exit. There, long lines of weary, irritable people queued to enter Canada. To her surprise, a huge red Irish setter woofed its way up and down the lines of disembarkees, hunting for illicit drugs.

"How long'll you be staying in Canada, ma'am?" the customs official queried.

"Oh, about three hours . . ."

"Short visit," came the laconic reply. Decanted like over-poured wine into the midst of bustling Toronto, Jean had to shake herself twice to break the illusion that she had stepped into an American movie. Unthinkable storeys high, skyscrapers crowded threateningly all around like great glaciers. It was hot, busy, definitely un-European in scale and tone. Scotland was a pygmy compared to this sparkling modern new world. A grey squirrel plopped from a tree with a thud. It was huge, tame, cheeky. Then it posed, head cocked, paws akimbo, for the benefit of two enraptured Japanese tourists.

Disoriented, Jean approached a hot-dog seller. Purveyors of fast-food in this take-away society stretched the length and breadth of the main thoroughfares. It was so stifling that she opted to buy an ice-cream from his fridge. At home, an ice-cream consisted of two modest marbles, the size of a rabbit's testicles, tucked easily into a single cone. The cost, in dollar equivalent, was the same here in Toronto but the actual product was an iceberg by comparison. She gasped as the ice-cream continued to be heaped higher and higher — it could easily have nurtured an entire tribe of Eskimos and two or three polar bears.

"Have a nice day," grinned the fast-food salesman.

A burly bird thumped down on to the pavement beside her. "What's that?" she asked.

"A robin, ma'am."

Jean shook her head incredulously. Couldn't possibly be a robin . . . unless of course it had breast implants. Talking of which, a robin's breast was rosy red but that feathered Mogul's was the colour of baked brick.

"Hell, ma'am. I know a robin when I see one. It's a one hundred percent bona fide Canadian robin, that bird."

Maybe robins shrank when they crossed the Atlantic. Certainly more than robins appeared to shrink in Europe. Canadians were broad-shouldered and stalwart. Wherever Canadians walked, the earth literally did move. To Jean, who was generously contoured herself — "Rubenesque" her friends called her; "cuddly" her mother said; "fat" her ex-husband sneered — Canada was framed on a wondrously generous scale. The people were friendly (unlike the supercilious trollops at Heathrow), the streets were clean and the food was cheap. But, as she wandered between the soaring skyscraper cliffs, she did feel a little like Oliver Twist, lost and bewildered by the immensity of what confronted her — a dwarf in a huge metropolis.

It was like a clip from a Star Trek movie. Someone had beamed her down to another planet — a warm, efficient, friendly one, yet alien nonetheless. A coloured paper boy suggested she visit "the tallest tower in the world right there". It dominated the skyscape, a gigantic minaret, a Mt Everest of engineering. Jean looked at it and winced. There was absolutely no way she was paying, to be catapulted up to the heavens within that edifice. She got vertigo just looking over the bridge in Union Street back home.

All too soon, Jean's few snatched hours were over and it was time to return to the airport — that metropolis within a metropolis — for the homeward flight and the assured drudgery of cobbling together an article to be called Air Fare — Taste Buds in Transit. She prayed there would be no surly males beside her on the trip this time, otherwise she'd buy the first Canadian maple tree tea towel she could see and veil herself in heavy purdah with it.

By now, the ritual of embarkation was tediously familiar as she shuffled at last towards her seat on the packed plane. Again she was allocated a middle seat. This time, to her left by the window, was a middle-aged man, removing his jacket to reveal an immaculate white shirt and formal tie. The aisle seat was taken by an elderly woman, her face obscured by heavy horn-rimmed glasses. A Cockney, with hair the colour of a rusty tin bath, which clashed horribly with her yellowed skin, she sat impatiently rustling the pages of a magazine.

The businessman smiled disarmingly at Jean, who brightened up at this social gesture. Introductions seemed to be in order — after all, it would be a long flight. She learned that he was an ex-army major, married for twenty-five years. His eldest daughter had spent two wild years in the wildest of Colombia, drug-trafficking centre of the world, and was now staider than her Granny, his own mother, whom he referred to as "the aged P." He was, he explained, jetting in to London to celebrate the aged P.'s eighty-fifth birthday. By now, Jean's talkative companion was moderately drunk but immoderately charming. He had the eyes of a chameleon, large and hooded just before a lightning strike of its tongue.

"Is that man never going to shut up?" the Cockney virago on her other side snapped venomously.

"Tell your granny there that her wig's on squint," Jean's new friend responded.

Jean was meantime digesting the fact that her handsome acquaintance had been born in Simla . . . the Raj . . . cool linens . . . tiger hunts . . . Kipling . . . little yellow idols: all rose up to tantalize her.

"I've never met anyone born in Simla before," she remarked, deeply impressed. "Have you ever seen a cobra?"

"Lord, yes. Dozens of 'em. The aged P. used to have them in to dance at the children's parties when I was a young 'un. With their charmers, of course."

A vision of a cobra, weaving about like Samson's Delilah, flashed through

39

Jean's mind. "Did the cobras wear party hats?" she asked.

"Of course," he replied, quite unfazed. "All the best cobras wear party hats for little 'uns' parties. Social etiquette an' all that . . ."

A film came up on screen, a romantic fiction. He ordered two whiskies and a bottle of wine, taking advantage of the free drinks service.

"Oh, look," he remarked pointing to the action. "They're making babies".

"Are you sure you're English?" Jean enquired suspiciously.

"As a bowler hat," he replied. "Are you suggesting we English are frigid? Or queer? Real Englishmen aren't, I assure you."

A splash of Burgundy fell down his white shirt as the plane jolted.

"Oh, buggeration!"

"Think positive," counselled Jean. "It makes an interesting pattern. Very Jackson Pollock.

"Englishmen fantasize about Scotswomen, you know."

"Sporrans, I suppose."

"You've guessed."

"I'm sure you're not English."

"I am though. Are you a member of the Mile High Club?"

"No. And having seen the size of the B.A. toilets, neither is anyone else."

"See that?" he countered, prodding the tube in the BA bag of goodies provided to its customers. "It's lubricant. For the Mile High Club."

"Rubbish! It's toothpaste."

"Oh, is that why it never worked?"

The Cockney virago snorted. Jean could imagine her calling for the air hostess and asking for him to be ejected. To change the subject, she remarked, "The woman in front's reading Jeffrey Archer."

"Well? What else could any woman do with Jeffrey Archer?" he laughed. For the next several hours, he entertained Jean, the air hostess and anyone else within earshot, with tales of his exploits in the Far East with the army. Then, he described in wonderful detail the wild life that inhabited his maple tree in Canada: ten squirrels, a clutch of raccoons, a nest of robins.

Raccoons rhymes with Moons, thought Jean. "I could write to David Attenburgh about your tree," she said. "He could do a documentary about it." She visualised a raccoon in a space suit, for some reason. Then she added, "I never saw a skunk in Canada."

"Have one under my porch. Never sprayed me once. Lovely creature. Doesn't deserve the bad press it gets." Then he closed his eyes and slept almost instantly. Jean followed suit.

When she awoke, they were still ploughing on through thick, snowy furrows of cloud. It occurred to her that never before had she slept, so to speak, with a skunk's landlord.

Breakfast arrived — a strange collation, containing a heavy brown sponge.

"What the hell's that?"

"A muffin," he explained.

"Who eats muffins for breakfast?"

"Mules," came the lugubrious answer. Then he glanced through the window. "We're over Ireland."

"How can you tell?"

"By the rice fields, of course."

"There aren't any rice fields in Ireland!"

"Yes there are," he retorted triumphantly. "They're full of Paddies!"

"Shut up," hissed the Cockney lady.

"Be a good boy and hand in your headphones," cooed the air hostess, with cat-like persuasiveness.

"I'm not a good boy . . . I'm a big boy though," he leered. The girl tittered earthily. He turned to Jean. "You know, I've made a couple of hundred transatlantic trips. Never spent such an interesting time before, though I really enjoyed your conversation."

She smiled at him, wryly. In fact, she'd hardly spoken at all. But she had to admit, it had been fascinating. So much so, she'd neglected to make any notes on the repast provided by British Airways on the return flight. She resolved to open the first cookbook she saw, on returning to Aberdeen, and to compile her own menu. No one, she was sure, would be any the wiser.

When the Toronto to Heathrow flight disembarked, she was crumpled, tired and wilting. The last leg home, from Heathrow to Dyce, was a nightmare, seated behind The Family From Hell — an over indulgent couple with four screaming kids totally out of control. Hardened oilmen winced and writhed under the continual onslaught of screech and howl. Jean fantasised dropping each super-lung howler out of the cabin door somewhere over Sheffield.

When she finally cleared the formalities of disembarkation, Aberdeen was as cold and wet as an old dishcloth after the warmth of Toronto. Relatively skint, she opted for the bus to the city centre. A down and out approached her.

"He's that high on hash, he could fly," a passing pedestrian warned.

The beggar had black hair, with white streaks throughout, just like a raccoon. Monday morning would soon be here — a pile of work, a mountain of niggles — and jet lag to combat.

"Fly me to the moon," sighed Jean, for a split second imagining herself whirling in orbit around that milky sphere, with a huge, friendly, grinning, black raccoon and an ex-army major from Simla.

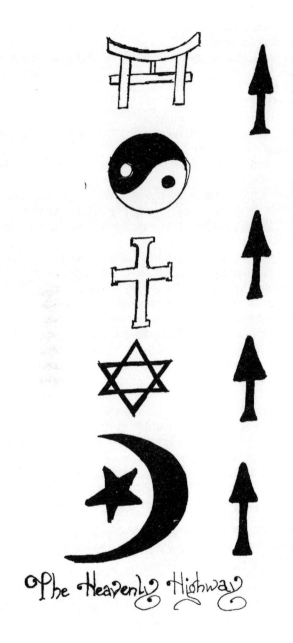

The Heavenly Highway

JUMPING JEHOSAPHAT

Peace and Joy to all our customers!

This is Theo Logie speaking, of your Galactic Spiritual Superstore, Earth Quadrant. I am a Chartered Telepath, Grade I, at Archangel Level, with direct access to all major Deities, whether singular, binary, triadic or conglomerate. Furthermore, I am a qualified Jungian analyst, experienced in body language, sign language or conventional oral discourse covering 4,999 classical and modern dialects and languages. For more primitive communicators, I possess a working knowledge of the archaic Martian script, Ogham runes, Hieroglyphics and pre-Babel Speak.

Let me tell you about today's special offers! We carry the full range of standard religions: these are available at special cheap rates to customers in our hologram booths and offer instant telepathic link-ups for those interested in every aspect of the arcane, as listed in the Intergalactic Databank for Esoterica. Representatives from each denomination, cult or creed are on hand to provide relevant literature and to offer customers immediate virtual reality trials of all our products. Transportation to the place of worship of your choice is available at nominal rates and Internet terminals are carried In-store for those desirous of participating in our divine Chat Forums.

Should you be one of our Pentacostalist customers, we shall be happy to converse in tongues. Should your soul be in distress, we have confessional Talkback Helplines, with specially reduced penitential prescriptions and instant absolution, available in litre bottles. For speedy spiritual renovation, we offer the laying on of hands, regression therapy, rebirthing, exorcism, full Freudian analysis and Assagolian psycho-synthesis. Top-of-the-range treatment prices range upwards from £75 per hour, with block bookings of twelve sessions at reduced rates. Special terms for pensioners and those on state benefits are available in our Basement department, where amulets, crystals, crucifixes and idols are on offer in gold, base metal and resin. Also for the financially challenged, the Galactic Superstore offers D.I.Y kits for Christenings, Circumcisions and Burials. Balsa wood coffins and plastic bodybags may be picked up at suicidal prices in our Special Clearance section.

On our Second Floor, a team of expert embalmers is on hand, twenty-four hours a day, skilled in the arts of Pharaonic mummification and entombment. Our staff surgical team offers you state-of-the-art cryonics facilities under controlled conditions, with a 95% guarantee of subsequent reanimation to within ten years of your chosen date. Our surgeons similarly provide brain transplants to order at small extra cost. See our complete price list for a wide range of additional organs, available on a Pick 'n' Mix basis.

Our Top Floor contains the Departure Lounge for most destinations: Paradise, Nirvana, the Elysian Fields, Tir-nan-Og, Valhalla, Purgatory, Hell Hades, Limbo, Tao and T'ien, with daily schedules. Transportation to other Immortal Zones may be reserved through special charter arrangements. Ancient Greeks should carry an obol under their tongues as the ferryman, Charon, reserves the right to refuse a place on his vessel. He regrets that no day-trippers are now permitted. Ancient Egyptians should take personal responsibility for on-board transportation of intestinal organs. These should not be stored in the hold. All mummies require to be X-rayed for security reasons in view of the prevalent smuggling of faith-invaders, ecstasy depleters and other psychic contraband.

Our hand-picked Tour Guides will advise you at no extra charge on which religion is best suited to your individual colour, personality and physical proportions. Anti-feminists and chauvinists will find congenial literature located on the bookshelves under Calvin and Predestination. All Elect customers, of whatever persuasion, are requested to obtain in advance a numbered Certificate guaranteeing the exclusivity of their chosen salvation or damnation destination. Places here are strictly limited.

For those who are both spiritually and sexually active, we specially recommend membership of Tantric Buddhism, Sivaism or Islam. Women should note the special dress requirements for the last of these. Customers of an artistic persuasion have numerous options. The Roman Catholic and Orthodox persuasions in particular encourage the artistic depiction of religious scenes, saints, martyrdoms, divine annunciations and crucifixions. Judaism should be avoided by those with such interests. For those with a penchant for ethnic art forms, our totemism, fetishism and Voodoo sections will appeal. Sculptural works, including hand-crafted lingams, are a notable feature of our Hindu Department.

Customers with a preference for music should speak to our Rastafarian representative in the Caribbean Section or arrange to bop with our New Age Pastorate. More conservative Internet surfers have the option of Gregorian or Tibetan Chant. Indeed, our Tibetan and Buddhist Sections will be pleased to initiate you into the use of basic mantra and the achievement of Perfect Indifference. Due to the popularity of those departments, customers may be required to wait a few aeons.

Dance enthusiasts will find their wants met in the Snake Dancers from Oklahoma, where for a small fee, they may shimmy with vipers. There is a high mortality rate here which will prove attractive to many. More advanced choreographic techniques are available from our spinning Dervishes but these may not be suitable for customers with high blood pressure or artificial limbs. An attractive alternative may be found in Maori group dancing, where body-painting and tattooing are available at inclusive rates.

Fashion interests are well-catered for in the Hindu Department, where a range of attractive and modestly-priced saris, matching cosmetics and jewellery are on offer. Men suffering from hair loss will find a sympathetic environment in the Zen Section, where heads are shaven in the interests of abnegating all materialistic vanities. Should hair be important, on the other hand, then Sikhism and Rastafarianism will demonstrate a range of tempting styles, from top-knot to dreadlock.

Perhaps you are animal-oriented! If so, then Ganesh, the Hindu elephant god, or Hanuman, the monkey god, will welcome you warmly. A deep-seated love of all small and very small animals should lead you to our Jain indoor and outdoor displays. A warning: ahimsa is strictly observed and the intentional or accidental destruction of flies, midges or aphids cannot be tolerated there.

We at the Galactic Spiritual Superstore have an entire Department given over to miscellaneous religious fads and fancies. This includes a culinary counter offering kosher food, fatted calves, black cockerels and cats, funeral bake-meats (à la Hamlet), Christmas turkeys, Easter eggs (or bunnies) and sacrificial tributes of every kind, ranging from top-of-the-range holocausts to unleavened bread. Please do not miss our consecrated wine cellars. This department offers an extensive selection of individually-priced, priceless relics, customized as required, with certificates of authenticity to your individual specification.

In our extensive outdoors display may be found incinerators, urns, pyres, coffins and headstones. Funerary and ecclesiastical accoutrements on a larger scale are made to measure by our architects: these range from individual mausoleums to the finest Gothic cathedrals, now available in weatherproof uPVC, complete with millennial guarantees. Temples and temple furniture may be purchased on easy terms after selection from our catalogue.

For mystics, we offer a complete range of visions, voices, appearances and resurrections, while personal guardian angels may be rented at very reasonable rates. Complete absorption within the collective unconscious, the Great Chain of Being or the All may be arranged on very competitive terms. Deification prices are available on request from our Head Office.

Please remember that we are THE specialists in Divinity and all associated religious manifestations, meeting YOUR needs in life and death, at any hour of the day or night. Our aim is to meet your every whim, pleasure, existential longing and ultimate reality. In all the stress and strain of modern-day living, it is a proven, scientific fact that meeting the individual's spiritual needs is the ideal way to ensure personal well-being, salvation, election, transmigration and a satisfying reincarnation. So please do not hesitate to avail yourselves of our expert advice and cut-price offers. OM! Shalom! Peace!

Amen.

Note: Security staff are stationed throughout the Galactic Spiritual Superstore. No attempts to proselytise, convert, kill, torment, torture or otherwise traumatize members of religions other than your own will be tolerated. Fanatics of all persuasion will be kept under constant surveillance and may be vaporised, physically and spiritually.

THE GUID FECHT

Yule's fangs grippit sair inno the trunks o the chitterin beeches, far side of the blae, auld-farrant street. The rickle o granite steps, an the blaik, spear-tappit iron railins leadin tae ilkie hoose in yon dreich, Victorian airt, war happit wi snaw an ice — a geelin claddin far aa souns smored an the treetles o watter faain frae spoots an icicles vanished inno the bosie o a wraith o a drift. Gairdens an backies rikkit wi frosty cauld. Dug-pish at the foun o the auld gas lichts in the streets froze yalla ower the skytie cassies. Mochie keekin-glaisses o ice teetit up frae blaik rinks of sliddery frost.

The verra cassies thirsels war glaissed like Chinee porcelain, unchauncy tae staun on, gin ye war a pensioner or a littlin nae siccar on yer feet. A robin, wheeplin on a buss, luikit fur aa the warld like a weel-reid lowe as he sang an tweetled tae the toun. Cars, bikes, buses an fowk war gart slaw doon tae a crawl. An, as if the weather wisna eneuch tae scunner a body, twis the Sabbath, the day fin the Guid an Godly rigged fur the Kirk.

"Dan!" roared Mrs Mathers frae the kitchie. "Are ye comin tae the Kirk wi Maisie an me the day? The Meenister says he's forgotten fit ye luik like."

Dan Mathers wis blaikin his sheen wi buit-blaik. He teeted ower the tap o his glaisses at his wee dother Maisie, an winkit tae her.

"The Meenister says a lot o things, Lizzie," he telt his wife. "Ye can pit in a wee wordie wi God fur me fin ye're there. The prayers gyang on fur lang eneuch."

Lizzie Mathers clattered the brakfaist ashets in a roose. She wis fell kirkie, Mrs Mathers, an cudna thole it fin her man lichtifeed the darg o Kirk-gyang. "Maisie!" she snappit, comin ben frae the kitchie wi a weet cloot in her haun. "Ye're tae rigg the noo fur the Kirk. There's nae Sabbath Schule the day — Mrs Barron the dominie's nae weel sae ye maun sit throw the sermon wi me. It's guid fur ye, tae learn tae bide at peace fur an oor or twa."

Maisie's mou doon-turned. At ten year auld, she cud think o umpteen things she'd raither dae than gyang tae the Kirk. She cud bigg a snaa-mannie wi Dad. She cud powk the coals i the lowe, till the lum cracklit an reidened in dauncin flame; she cud . . .

"Maisie!" Mrs Mathers raged. "I'll nae tell ye again. Tirr yon orra claes an dress yersel in yer Sabbath braws." Her mither cleekit her up wi ae haun an tither tuik the weet, cauld cloot a yark roon her chooks an snoot till her hale physog shone like skitter on strae, lichitit bi a hairst meen. There wis ae consolation, though nae a big ane. Mrs Barron, heid o the Sabbath Schule, widna be there. Mrs Barron wis Broon Hoolet anna, heid o the Broonies, an a byordinar aff-takkin, sarcastic auld bizzim.

"I dinna think ye sud dowp doon on the puddock-steel, Maisie" she'd say.

"Even though it is plastic. Ye're hefty eneuch tae flatten it." The lave o the Broonies keckled an leuch. Maisie hated Broon Hoolet wi a strouth as deep's the Irish Sea an as braid's the Sahara Desert. There wis naethin Christian, as far as she kent, in makkin a gype ooto a littlin wi a chaip baur like yon. Hoosaeiver, as Mrs Barron aye said, ye sud be a Guid Sport, nae be thin-skinned, an takk aa the reedicule a body cud haive at ye wi a Guid Grace.

Mrs Mathers rugged aff Maisie's playin claes an plunkit her inno a steen-cauld scratty semmit new aff the claes-line, far the icicles jinglit like coo bells in the jeelin win. On tap o yon gaed a pure fite sark, a ganzie as jobby as pykit weer, file, in aneth, the quinie wis happit in wi a grey schule skirt, socks as fite as the Archangel Gabriel's bowster, an blaik, patent leather sheen. The sheen hid nae warmth. They war hard, shiny an spotless — an gart the heels bleed. Bit they war Clarks — a richt guid name — an they warna chaip. They warna comfy neither — bit then, the Sabbath wisna a comfy day. Hinmaist, on gaed the thick gaberdine coat, navy blue wi a muckle buckle, buttoned up tae her thrapple. This gart aa the jobby prickles o the worsit semmit rive inno her skin like a monk's horse-hair penitential sark. Her back, wame an airms sprooted hens-flesh an scarts. A caimb wis yarked throw her touzlie curls an a tammy wis plunkit atap, like the gean on a marsh-malla.

Maisie's mither surveyed her handiwark wi pleisur. "Ay, ye'll dae! Here's yer hymn book. Noo, rin an open the yett — I hear the kirk bell dingin." The kirk bell wis a metal daffie that hung its muckle heid doon in the belfry. Twis three hunner year auld if twis a day an it hid chimed an clangit an raged at its human flock fur generations. Thon day, up in the belfry, aa its lane, twis weirin a snawy bunnet o fite.

"Clung—clung—clung," it knelled, cryin the faithfu, the feart, the respeckable, the genteel, an aa the unco-guid oot frae their hames, like a preen whillyin buckies ooto their shells. Skytin doon the cassies wi her mither, Maisie felt her neb cheenge inno a daud o ice. Cauld gnawed throw her worsit mochles an Jack Frost nippit her wee creashie taes till they dirled.

The kirk itsel raisse up, its steeple a pyntit finger direckit straucht at the Heivens. Its granite physog wis blae wi tholin the win's wheep an the doonpish o the dreich Nor-East rain, snaa an sleet. Its winnocks war teeny — their peens o glaiss strippit wi leid, like the paisley pattern hose the gowfers weir. The winnocks war heich an stoorie, sae's the licht warsslin throw wis peely-wally an dweeble as a consumptive's hoast.

The gaitherin ranks o the Godly didna bide claikin ootbye, sae caul and sae quanter the day, wi gurly cloods wechty wi blin smore rowin roon the lums o the toon. Na! they hashed on inbye the mou o the kirk itsel, up the sax lang steen-steppit slabs that led tae its timmer door. A wee wudden placard hung aside the door an telt aa the warld that the meenister's name wis the Rev. Tammas Skinner, that the beadle wis Matthew Morrison and the organist Samuel Davidson. It gied the times o the services anna, alang wi a wheen phone nummers tae contack on maitters o urgency. Mair eese, Maisie fyles thocht, wad hae bin a nummer fur the Heid o the Kirk Hissel — bit fit wad a bairn ken aboot sic maitters, her mither telt her.

Inbye the kirk, twis as cauld's a crypt. A crammosie carpet ran frae yett tae altar, like a bluid-red bandage, richt up the steps tae the meenister's reest itsel, like a craw's nest. Frae yon exalted airt, he wad thunner oot his sermon, like a storm-clap aroon the lugs o the faithfu.

Maisie an her mither wauked reverently tae their pew — third raw, front richt, owerluikin the baptismal font, a muckle steen troch on timmer legs wi carved wudden cleuks uphaudin the basin o watter far littlins an squallichin babes war kirstened. The organist wis playin a doolfu, waesome air on the organ, ower bi the far waa. Twis a monument tae engineerin, thon organ, wi a heeze o lang pipes an a raw o fit pedals far the organist's taes sliddered up an doon — as if his twa hauns warna eneuch tae wring the music frae't. Faith, ye'd hae tae be an octopus or a contortionist as weel's an organist tae direck the choir! He'd dae yon wi a shakk o his heid or fyles wi a shrug o his showders.

Mrs Mathers didna gie a boddle fur yon organist. She thocht organs a whiffle o papistry. Her faither hid bin precentor in his kirk — nae organ ava, jist the bare vyces an nae falderals.

The pew wis a lang, lang timmer sattle, aa sheeny wi the dowpin doon o hunners o docks, smeeth's the face o a lochan on a quate simmer's day. Efter hauf an oor, yer dowp grew fushionless wi sittin on't. As Maisie hodged an fidged aboot, the beadle peched up the meenister's stairs luggin the muckle blaik Bible wi its gowd-edged leaves, tae set it on the lectern. Wi a plavver an a scutter, as befitted the day, he merkit the openin text wi a lang, reid, fringed silk ribbon. The beadle's hair wis plaistered doon tae his sheeny powe like kelp stukken tae a boulder fin the tide gaes oot — a twa-three strands rinnin frae the pairtin tae hap his baldin pate. Syne he hirplit doon the stairs wi his soor face an his gammy fit, as the choir treetlit in, hauf beeriet in furs an thick, double-breestit winter jaikets.

Maisie luikit roon the congregation wi a sinkin hairt. Afore her, in the neist pew, sat Mrs Mochrie, a widda-wummin, weirin moch-etten tod tippets wippit roon her scraggy thrapple. The deid tod's glaiss een keekit sair at Maisie an its wee shairp teeth war bared in a lirk that gart her grue. The guff o mochie-baas an mints, the stew o eild an halie guidness, the stink o weet, cauld claes — twis eneuch tae smore a littlin! Maisie's neb stertit tae bleeze like a wee lowe fin the frost thawed frae it. Aa roon her, fowk snochered an pyochered an hoastit inno their snifter-dichters. Her ain braith, in the cauld kirk, wis like the wee plufferts o rikk frae a stemm kettle. Mochy blae cloods hung aroon the pews as the pandrops passed alang the lines o fowk.

Aabody sookit pandrops tae thole the dreid o the sermon. Bit there wis an airt tae the sookin: nae crinchin wis allooed — ye'd tae sook canny an slaw; stap the fite baa aneth yer tongue till it melled wi yer ain slivvers. The hale braidth o the sairmon, ye'd daurna hoast, fusper, dunt yer fit or meeve ava. Maisie steekit her een ticht as the Reverend Tammas Skinner swypit inno the kirk like a muckle hoodie craw flappin doon on deid carrion. A wheech o cauld air wauchtit in ahin him, as he strade up his steps tae his reest, syne booed his heid fur a lang meenit's prayer. Maisie direckit her een tae the wee timmer boord that hung on the waa ower aside the meenister's left lug. Intil yon boord, the beadle hid pitten twa hymn nummers, a psalm an a paraphrase.

The Rev. Skinner cleared the glut frae his thrapple, hochered an hoastit a wee, syne greetit ony veesitors faa'd chussen tae worship wi him thon day. Maisie lookit aroon, bit cud spy nae veesitors ava — an the gey fyew fowk that war there luikit deid, or as near as dammit, fur they aa sat like coos in the slaughter-hoose, wytin fur the hinmaist shot tae be fired atween the een. The menfowk, maistlie aulder chiels riggit in their funeral blaiks, sat airms crossed; the weemen, smoored in musquash, coney or astrakhan, fichered wi hankies, handbags or Bibles on their laps. Maisie sat in scunnersome dumbness.

Tammas Skinner wis a Hell-Fire preacher o the auld style. Naebody, forbye his ain congregation an a puckle ither Protestants o the richt sort, war destined tae bi heistit up at the Hinmaist Trump tae Heiven's rewairds. Romanists, Anglicans, Moslems, Hindoos an the lave wad aa bi brunt tae a crisp in the lowes o Hell. His lang langamachie aye cam tae an en wi Vengeance is mine, sayeth the Lord. Bit he stertit aff richt slaw an peacefu-like. Eftir a pucklie intimations, Tammas prayed fur Mrs Barron, the Broon Hoolet, an socht a speedy recovery fur her. Maisie prayed the opposite — ah weel, God sud takk tent o a bairnie's prayers as muckle as a meenister's, fur aa war equal in His sicht, her mither aye said.

Syne the meenister cam doon his steps tae address the littlins. In his haun he cairriet a spyglaiss o some sort. Maisie cudna thole the meenister's address tae the bairns: he ay speired questions an wadna lat ye answer them — a queer kinno ploy yon!

"An fit is this I hae afore me? Ay, that's richt," he hashed on afore ony gypit littlin micht tell him. "Ay, it's a spyglaiss. Nae maitter foo smaa ye are, God sees ye wi his spyglaiss. God kens aathin ye dae. There's naethin ava ye can hide frae the Lord — nae even fin ye dee an jyne wi the Heivenlie Host up yonner forivermair. The Lord's aa-seein, aa-kennin . . ."

Maisie's speerits sank tae her buits. She hodged in her seat. Her mither pit her tae bed at seeven o'clock ilkie nicht, even on the bonniest simmer days. "Regular oors," she caaed it. Jist like seerip o figs on a Friday, poored oot on a speen, keepit ye regular anna. Wi naethin tae dae fur the lang oors abed — nae buiks, nae toys, naethin at aa tae play wi, except yersel (an Maisie kent eneuch o her mither's horror o the human body tae jalouse that yon wis ae ploy that cud earn her a skelpit lug) Maisie noo heard the Reverend Skinner tellin her God wis luikin on even at her lanesome jinks in bed. Tae mak it waur, the bairn's hymn fur the day wis God is always near me.

50

Efter yon, there wis a prayer fur mercy anent aa the congregation that hidna seen fit tae turn up thon day, though Tammas didna see foo God sud forgie them fur nae settin by an oor tae worship Him! Hymns, texts, readins, an a lang waeful dirge frae the choir followed, as dreich's a pack o wolves howlin in the mids o an Arctic blizzard. Fin the sermon cam, it laistit a fu forty meenits. The texts war Blessed are the meek an Turn ye the ither chook. Tae haimmer the message hame, the meenister raged an roared an skirled, an flang hissel aboot his wee timmer hoose like ony trappit gleg.

Tae pass yon wearie meenits, Maisie coontit ilkie peen o glaiss on the heich winnocks, pykit a scaur on her knee, an ran her crannie back an fore alang the pew like a wee trainie. Ae auld bodach, twa pews ben, dovered ower like a hen on a reest an snored. His wife dunted him in the ribs tae wakken him. Syne cam the Lord's Prayer — Maisie recited the wirds like a parrot. Maist o them war auld Inglis wirds — "Speecial wirdies fur a speecial place," her mither ay said.

The elders raise up tae styter ben the raws o the kirk, passin wee velvet pyocks tae be fulled wi siller. Maisie grippit her florin ticht: she didna wint tae pye the meenister. He sud pye her — pye aa o them — fur giein up a Sabbath foreneen tae sit throw an oor an a hawf o dool an scunneration. Her ma tappit her airm. "Pit yer penny inno the pyock noo," she gurred in a fusper.

Twa pews awa sat Neil Riddoch, Mrs Barron's nevoy. He wis an aff-takkin loon, as coorse a vratch as Broon Hoolet wis hersel. Fegs, some things ran in the faimly, like pirnie-taes, thocht Maisie. Neil stappit his tongue oot at her bit fin she returned the favour her mither catched her at it an gied her a fly clour.

The collection wis haundit ower wi due solemnity tae the meenister, wha blessed the offerin an wheeched it aff tae the vestry afore the final hymn, Fecht the guid fecht. An syne, the Lord bi thankit, twis aa ower fur anither wikk. Mrs Mathers spied a freen ower bi the font an telt Maisie she cud gyang hame afore her an tell her da tae takk the tatties aff the byle, fur he wis shair tae lat them gyang throw the bree. Maisie didna need twa tellins, bit skippit oot, gled tae bi lowsed frae the nearest thing tae purgatory she cud imagine. A snaa-baa fizzed by her lug an she furled roon. It wis Neil Riddoch, Broon Hoolet's nevoy.

"Yon wis fur you, ye wee pudden. My auntie says a fat lump like ye wad nocht twa Broonie uniforms, nae ain!"

The sma fuse that wis Maisie's temper, lichtit, birssled, syne explodit. She flew ower the snawy drifts ootbye the kirk like a stertled caipercaillie an lowpit on him wi sic virr that she caad Neil Riddoch clean doon on his back. Wi her tormentor fair flattened aneth her, she proceedit tae batter the craitur's neb wi her neives till it spooted bluid like a burst main.

"Fit did ye caa me, Riddoch?" she cried.

"I — I didna caa ye naethin," sabbed the loon, his physog noo the colour o a robin reidbreist, aa swalled an puffy.

"Say efter me, 'My auntie's a shite hoose'!"

"My — my auntie's a — a shite hoose," he grat.

As luck wad hae't, Maisie's da hid driven doon tae gie her a hurl hame. Afore he cud get a wird in, Maisie lowpit aff the loon an ran ower tae hubber oot her tale. Her knuckles war skinned bit she wis stoonin wi pride.

"Ye did richt, Maisie," quo her da. "Ye hiv tae staun up fur yersel in this warld or fowk'll walk aa ower ye."

Maisie nodded. She'd come tae this opeenion hersel, langsyne.

Dan Mathers wisna an educatit chiel bit Maisie set mair store bi her faither than she wad hae daen tae a dizzen Tammas Skinners. He didna say muckle bit the fyew spikks he did cam oot wi war ay tae the pynt an fu o sense. Fin it cam tae britherlie luv, an helpin the needy, he wis far, far quicker tae gie a haun nor her ain mither. Yet he niver derkened the yett o the kirk, ootside o mairriages or kirstenins or kistins. Noo, wisna yon an unco thing?

Nursin her dirlin neives, bit wi her honour satisfeed, Maisie mused on the foreneen's wark as she dowpit doon inower her faither's car. Her text fur the day, as Neil Riddoch hid cam tae realise, wis Vengeance is Mine, sayeth Maisie!

COUNT-DOWN FOR A CARRY-OUT

8 a.m.

Dod Chisholm, the stout, balding proprietor of the Gairn Arms, opened the back door of the pub to let his psychotic Alsatian, Fang, out to pee. Leaning up against the wall, looking haggard and emaciated, was wee Bert Higgins from No. 7, two houses along. A stranger would have stared at Higgins and thought him to be in the final, ravening stages of AIDS, or cancer or T.B. However (and unfortunately for Mrs Higgins) his death was all too unlikely in the immediate future, despite what was implied in frequent health warnings from concerned doctors and hopeful undertakers. Bert was one of the handful of village alcoholics - his internal organs preserved in whisky; permanently pickled, like a small thin jar of onions. Bert was always first in that Sunday morning queue of hung-over, pathetic addicts awaiting their fix of Bells, Grouse, Teachers or whatever (apart from and including paint-stripper) which the predatory Dod Chisholm would chalk up on the slate against their next week's wages. Whole families were in debt to him up to their ears, their breadwinners constantly pledging the money intended for electricity, gas or food... those little irrelevancies that make life a tolerably pleasant condition.

"God, Bert, I just threw you out at 3 am," growled Chisholm jokingly. "That's £30 you're owe me off next Friday's wages. And Hogmanay's the night, mind. You'll be needing a bottle or two for Hogmanay - you can't see the New Year in without a dram to welcome it!"

Bert grabbed the coyly-wrapped bottle that Chisholm handed him, tore off the paper and took a swallow of neat whisky, grimacing and wiping his mouth with a clutch of shaking fingers.

"Aye, Dod, you're a life-saver, man, a real life-saver," he gasped, as he turned to walk a tight line to the village green, slumping down in one of the bairn's swings to enjoy his breakfast, away from the sharp tongue of Else, his wife. Dod Chisholm watched him go, a fat leech looking after a prime steak. He would bleed him dry, him and his bank balance, his wife, his kids, his dog. No sentiment in business - not in the pub trade. Pity the womenfolk weren't as easy to get on with. The Mrs Higginses of this world were caustic and unkind to Dod Chisholm, as if it was his fault their wee sots of men were drunkards and wastrels. He only supplied the stuff. And if he didn't, someone else would.

9 a.m.

Granny Mutch peered narrowly through the lace curtains of her tiny pensioner's cottage that she rented from Lord Glen Gairn. A Sabbath morning and there was

Bert Higgins drinking already. There was no shame in the man. Granny Mutch's West Highland terrier, Fergus, bared his teeth and snarled at the window as she dialled her daughter Jean and hissed down the phone, "Aye, there he sits, the dirty wee tyke, having kept us up half the night with his roaring and singing and carrying on. Morris dancers! A whole troupe of bloody Morris dancers... jingling poofs, over to dance at the Hall for the Social Evening. And they just went into the pub for one wee dram, till Higgins met them, and trailed them back to his home till all hours. And two bairns there, trying to sleep - not to mention that poor bitch of a wife of his. Morris dancers! A whole troupe of Morris dancers!"

Granny Mutch paused and closed her eyes piously in horror at the sight of Bert Higgins, unaware that he was observed, loosing his flies to urinate in lurching spurts over the foot of the children's play chute, his aim sadly blighted by the Bell's.

"Oh, God help us! Some poor innocent lamb'll be sliding down that chute the day with their clean Sunday knickers on," she groaned, making a mental note to phone the Environmental Health service first thing on Monday to see if Bert Higgins could be fined, or condemned, or visited by the wrath of an official letter.

10 a.m.

Jenny Butters, the Higgins's neighbour from No. 2, Glengairn Cottages, hurried past the Pleasure Park carrying a black bin liner, her mouth pursed in disapproval at the sight of Bert curled up like a tomcat, sleeping off his breakfast under the cold December sunlight, She was a motherly, plump, pretty girl, with three bairns of her own, but the sight of Bert made her feel anything but motherly. "May you freeze to the seat, you bastard," she muttered. "And those two wee angels of kids might start to enjoy a life!"

Else Higgins, dark circles under her eyes, still clad in a dressing gown, opened the door to Jenny's knocking. Alec, the two year old, and Mary, his five year old sister, clung to her side.

"I suppose you heard the racket last night, with the Morris dancers," Else began apologetically.

"Heard it? Heard it? I should think the President of America heard it! I should think the wee green men on Mars heard it," Jenny spluttered - and then bit her tongue. After all, who would want to be in Else's shoes, married to the village drunk, the village buffoon, the village scapegoat. Else was pitied, despised, rejected on all sides. Some folk blamed her for being too soft with Bert, as if alcoholism was like raiding the sweetie jar - a wee crack over the knuckles enough to sort it out.

Else invited her in. As usual, the place was a tip. But a herd of Morris dancers, jingling and stamping around till all hours, would throw anyone's pride in housewifery out of the window. There were stumps of candle along the mantelpiece. Evidently the electricity had been cut off again.

"New clothes fur us, Aunty Jenny?" Can I see? Can I see? Can I try them on?" asked Mary, dancing up and down with delight.

New clothes right enough, for Alec, and Mary, and Else, left over from Saturday's Sale of Work. The village cast-offs for the village outcastes. Seeing the small faces radiant with pleasure made Jenny Butters squirm. The man placed no value on his family at all. He treated them like something you scraped from the sole of your shoe. Else Higgins was a fool to stay with him - but the village was the only home she'd known; and at least Jenny and the others would never see her starve. Digging into a brown shopping bag, Jenny lifted out a flask of tattie soup. Else coloured, but accepted it gratefully. At least they still had a coal fire - no coal, but Lord Glengairn's woods were at the back door, and so was an axe to chop up wind-blown trees and broken bits of branches. God knows how folk survived in the big cities, with husbands like Bert. Maybe they cut billboards down.

"I'll throw another stick on the fire," she said hospitably. But as she lifted a stick from the cardboard box by the fireplace,her colour went an even deeper red. Bert had hidden a Lucky Dip amongst the firewood. Jenny looked at it quizzically. "It's the queerest colour of whisky I ever saw," she remarked.

"It's Dod Chisholm's Lucky Dip, damn the bugger to Hell," said Else bitterly. "He tips everyone's leavings into a pail at the end of the night - whisky, vodka, everything. Then he siphons it into empty bottles and sells it for 50p a bottle. He calls it his 'Lucky Dip' ".

"That's disgusting," cried Jenny, savouring the morsel of gossip, wrapping it up in her mind like a juicy titbit to carry away and pass round the village for all to enjoy after she'd left the Higgins' squalid little home. "My, is yon the time? I'll have to away and get my bairns ready for the Kirk."

11 a.m.

Constable Drew Roberts strode up the path, just as Jenny Butters left. For a moment she engaged him in whispered conversation. "It'll be about the noise yon drunken Morris dancers made last night?" she asked. "You'll have had a few phone calls likely?"

"Oh, I'm not in a position to divulge that," returned Drew Roberts. "But we keep a close eye on The Situation," he went on. Both of them knew that The Situation was a euphemism for Bert Higgins, recently banned from driving. He had run down and hit farmer Anderson's prize heifer, and the poor beast not even looking the way of him. He'd done a rare motoristic impression of an eightsome reel last Christmas (and not a piece of ice on the road) till Granny Mutch did her civic duty and reported him; and Constable Drew did his duty and breathalysed him, and Sheriff Ogston did his magisterial duty and banned him for ten years, and lucky to escape a fine, the drunken wee nyaff.

When Constable Roberts knocked on the door, little Mary Higgins answered, wearing a public schoolgirl's straw hat and a dress three sizes too big for her. The poor child looked like a scarecrow, the constable thought, not unkindly. He fished in his pocket for a sweet.

"I've come to ask where your Da keeps his shotgun," he began. The courts were tightening up on the owning of firearms since Dunblane. Higgins had been told to hand his shotgun in, as his licence had been revoked automatically when the drink-driving ban had been imposed. Higgins had told Constable Roberts that he had disposed of the gun - given it to his brother Ned, a sober, industrious farmer, for the legitimate control of crows and other vermin. Higgins had lied. Old Granny Mutch had near pished herself last Thursday morning, when she'd looked from her window and seen Bert Higgins taking pot shots at Dod Chisholm's Alsatian, and all because the beast had dug up Bert's brussels sprouts while seeking a bone. Bert Higgins drunk was just as capable of taking pot shots at Granny Mutch as of frightening the life out of Chisholm's four-legged security system.

Constable Roberts waited patiently outside, assuming that Mary had gone to fetch her mother. He turned as grey as a plate of cold porridge when the wee girl returned with the actual shotgun itself, staggering under its weight like Calamity Jane in miniature.

"Da shot a fine fat deer down in the woods last week," she volunteered. "But I'm nae that fond of venison," she confided. "Not for every meal. But Ma says the queen eats it and all the toffs. Would you like a bit? I'll easy ask her for some".

Constable Roberts gingerly grasped the barrel of the gun and pointed it to the ground, breaking it open at the same time. Thankfully it hadn't been loaded. Not that Higgins would have known the difference, slumped out cold in the pleasure park. Was the drunk a criminal - or was the criminal a drunk? Which came first? Higgins was a poacher, a brawler, a social dandelion that Roberts would have loved to spray with weedkiller.

"No need to trouble your Ma, lass," said Constable Roberts. "She's got troubles enough already. I'll just take this gun of your Da's away down to the police station. When he's finished his wee sleep, maybe you'll tell him I'll be needing to see him."

"For smacking Mr Esslemont on the lug?" asked Mary innocently. "Mr Esslemont was cheeky to my Da. He deserved it. Mr Esslemont said that..."

"No, no, lassie," said the constable, writing furiously in his notebook. "At least, not just that. Where does Mr Esslemont bide again?"

Noon.

The Rev. Ewen McAndrews was mentally revving himself up, like a jumbo jet for take-off. The Communion service was about to begin. The kirk was packed to capacity, everyone splendid in newly-aired and ironed finery, the elders

56

loping along the isles like lean, grey wolves. The red blood of Christ and the flesh of the Lamb were about to be consumed in holy, mystical symbolism. The elders began passing the glittering phials of wine, in their silver trays, along the pews. Suddenly, a cold wind swept the length of the kirk, as another member of the congregation entered to join the proceedings. He staggered into the front pew and stretched out a clammy claw for the tiny, blood-red glasses. The worshippers directly behind him parted like the waters of the Red Sea when Moses stretched out his hand.

"Mr Coutts, Mr Deans, Mr Forbes!" bellowed the Rev. Ewen to his chief elders. "Mr Higgins is evidently unwell. Kindly escort him from the kirk."

Bert Higgins was carried out from the body of the kirk, like a pine cone tossed along a stormy river, and flung unceremoniously amongst the gravestones, where the dead at least raised no complaint. "I told you we should have bolted the door," hissed Mr Forbes to Mr Deans and Mr Coutts. "The man's a damned menace. He's got no right to be near God-fearing folk."

"The minister's aye saying there's not enough folk coming to the kirk," ventured Mr Coutts meekly.

"Aye, but nae pissed. No in God's Holy Tabernacle. Jesus wouldn't thank him for ruining his Communion. He wants locking up."

1 p.m.

Dr Harvey Gill passed the Higgins' house on his way home from kirk. Bert was nowhere to be seen. Else was outside, wearing her man's overcoat and a pair of green wellingtons, hacking sticks over a huge log.

"Afternoon, Else," he muttered. "The pills aye helping, are they? Just keep taking them. My door's aye open if you want to talk things over. Drop into the surgery next week - I've a new alarm to help wee Mary wake when she pees the bed. You should try a holiday yourself. I don't suppose Bert's ready to give up the drink yet? He's killing himself, you know."

Else shrugged. God, if he was killing himself, he was taking a damned long time about it! As she swung the axe, she tried to imagine it was Bert's neck on the block. A widow got help and sympathy and understanding, but a divorcee got dirty old men offering to fulfil her needs, and a single mother got blame heaped on her from all sides, till she vanished like a patch of grass under a steaming midden of abuse. She winced as she imagined herself smothered under the aforesaid midden with a wee flag instead of a gravestone marking the spot of her shame. "Elsbeth Higgins, wife of village pisspot, was born, wed, endured, endured and died." The axe gleamed in the cold wintry sun of the last day of the year. It swung high and became a guillotine, a quick widow-maker, slicing into the imagined nape of Bert's tide-marked neck.

2 p.m.

In the village shop, Christine Miller put the last Hogmanay bottle for the laird's order into a cardboard box. Neil Duncan, the gamekeeper, had just bought his first-footing bottles.

"It's a bloody affront, so it is," he was saying. "There's the school football team playing Auchtertarn Primary down on the pitch. And Sandy Higgins, Bert's wee nephew's the centre-forward. And Bert's down there making an arse of himself as usual. The bairn's left the pitch in tears with the shame of it. I mean, if the man wants to roll in muck like a pig, it's a free country I say - but to drag his whole family down with him, it's the outside of beyond. It's spoiled the whole day for the bairns. He's been running off and on the pitch like he was a bobby directing the traffic, thinking himself the great man. I'm away home to get ready for the New Year and forget about him. He makes my blood boil. Gives a dram a bad name. And his flies were wide open, the dirty wee minker."

Hogmanay Night

Sister Vera Sutherland stripped off her rubber gloves and slumped down by her desk to write up her notes.

"Quietest night of the year," she remarked to a young student nurse. "Always is. The hardened drinkers hold Hogmanay any day and the amateurs won't be coming in till morning, the usual rash of twisted ankles and sprained wrists, slipping on their bums on the ice with having taken one over the odds. Wait though!" She paused. "Here's the first of the New Year. What did the ambulance man say? Fell coming out of the bath? Oh, the poor soul. A fractured skull, with internal bleeding. And those drunks - fall umpteen times and never harm a hair of their heads."

If Bert Higgins heard the Sister, he certainly didn't respond, on his hurried trolley ride from ambulance, to Casualty, to operating theatre . . .

CLOCKWIRK

"Ye can depend on Donald Ferguson," the fowk in oor clachan eesed tae say. "Ye cud set the stars an navigate bi him, he's that perjink an punctual."

The fowk ootbye oor hame kent Donald as Fergie the Taxi, efter his darg as taxi driver. Bit I kent him as Faither. Sax fit twa in his stockent feet he stude, like a muckle respeckit granfaither knock, straicht an heich an regular's the mairch o the meenit hauns ower its face: his hale day, ilka day, merked aff like a ruler.

Half by sax o the mornin wad see him booed ower the muckle steen kitchie sink, wallopin soapy haunfus o watter an carbolic ower his lugs an aa roon his bald pate wi its thick, blaik gird o hair, like a ribbon o tar, that the suds clappit hard teetle his heid, weet an shiny. Twenty tae seeven wad see him shavin the blaik stibble frae his chooks, like the shakkins frae the dominie's pencil shairpener fin he teemed it o a Friday. Ten tae seevin, the galluses war wippit ower his showders an preened tae his breeks, an his sark buttoned tae his thrapple bi lang, skeelie fingers.

Quarter tae seevin saw him sattled bi the table, his muckle hairy airms heistin firkfus o bacon an egg frae ashet till mou, whyles sweelin it doon wi tarry tea, sickly sweet wi suger. He aye steered the tea three times wi his speen, syne chappit the dregs frae it twice, afore he plunkit it doon in his saucer. Hauf past the oor, he'd blaik his beets, fyle fusslin Bonnie Strathyre or Bonnie Glenshee or ain o a mixter-maxter o tunes that furled aroon his heid like the mist that wyved aroon Beinn a Bhuird, fan the wattergaw hung i the lift. Syne, aff he'd stride ben the lobby, bit nae afore scuffin ma heid wi a cheery skyte o his haun in the bygaun, touzlin up ma hair.

"See an be a guid loon tae yer mither, Neil," he'd say. "An min' stick in tae yer lessons. Ye dinna wint tae be jist a taxi driver like yer faither." At a quarter till echt, he wis aff ower the hills fur the schule run, drivin frae fairm tae fairm, upliftin littlins, wytin fur mithers tae dicht bibbly snoots, or tie pynts, or caimb the antrin hudderie heid. Gin anither oor, he wis up at the laird's hoose, tae drive Himsel tae the station fur the haik bi train intae the big toun near forty mile awa.

"The toffs makk their ain agenda," he aye telt me. "Wattie the milkie's daen a day's wirk afore the laird's taen the tap aff his egg."

Hard on the chap o nine, richt throwe till noon, he'd be ferryin towrists here, there an yonner bit, finiver the kirk bell clanged at twal o the clock, he'd park his dowp fur an oor in the wee taxi office that reekit o petrol an timmer an lino; he'd swype a kirn flees aff the neuk o the table an open the auld cream-cracker tin tae takk oot his denner piece. His denner-time piece wis aye rowed up in greaseproof paper. Whyles, twis cornbeef sannies, whyles cheese clartit wi pickles. His flask o tea aye held twa cuppies tae slokken the sannies wi.

Jinty, the office quine frae Glen Ey, wid rin ower the road tae buy the P&J fur him. Syne, he'd open it up an read it frae cover tae cover wi the glaisses ooto their case slidin hauf doon his neb. He wis deintie an trig in aa his wyes fur sic a giant o a chiel, roch neither in thocht nor spikk. "Gweed sake," wis the warst sweirin he wis allowed at hame — an even yon wis like a reid rag tae a bull as far as Mither wis concairned.

"Caa yon sweirin, wummin?" he'd gurr back at her. "I cud gie ye sweirin gin I'd a mind — richt coorse wirds!"

Bit, if he kent them (an he maun hae heard plenty bonnie wirdies frae the Setterday drouths he'd ferried hame) I niver heard ony. At een o'clock, he'd close up his paper, sweel oot the plastic cuppie o his flask an dicht it wi the dryin clout that hung on the nail bi the office kitchie sink. An he closed his paper that cannie, the creases on't cud hae bin stemm-ironed, nae lirkit an scooshled an sossed, the wye some fowk stap tee the faulds o their daily news. Aa efterneen, his taxi flew back an fore like a reid-ersed bee, niver dauchlin a meenit atween fares. Fur he cudna thole lateness, ma faither. Wi him, lateness wis a kin o sin — a blicht, a merk o moral decline. Fin Dod Forbes, the drunken shepherd frae Glen Dye, wadna come ooto the howff, eftir phonin fur faither's taxi, he wis left tae wauk hame bi Shanks' mear, fin the taxi drove aff wioot wytin langer nur five meenits. At sax, Faither'd bi hame fur his tea. Ye'd hear three dunts on the fit scraper as he thumpit the stoor frae his beets — force o habit gotten as a fairmer's loon on his faither's fairm. Syne, he'd aye tak fower strides frae the door ben the lobby inno the parlour an send a cauld waucht o air innower, faniver he opened the door, garrin the flames lowp abeen the clags o dross an bankit peat.

The contents o his ashet gaed bi the days. Twis aye fish on a Monday — hairy tatties. On Tuesday, Mither dished up mince, piz an mash. Oot cam the stovie pan on Wednesday. Thursdays he'd sett doon tae biled ham; Fridays wis sausages an chips; an Setterdays — Setterdays wis a double-decker meal: broth that ye cud staun a spurtle up in, wi semoleena pudden fur efters. Bit on the Sabbath, twis roastit chukken, wi skirlie an tatties, takkin pride o place. His side plate aye cairriet twa slice o fite loaf, cuttit frae neuk tae neuk like gentry, nae hackit sidiewyes like a scaffie or a navvy wid hae daen. He likit the milk an sugar aside his left neive on the table, wi the saut an spice stracht afore him.

Whyles, Mither wad ettle tae introduce a suppie variety bi wye o green veg. "I'm nae a bluidy rabbit, Jean," he'd girn, "or a bull in the park. Leave the girse tae the nowt an the yowes."

Fin Faither tuik aff his sheen at nicht, he'd set them side bi side like a young coortin couple, neist the stickbox far he keepit his safties. Syne he'd scraun the Evenin Express, column bi column, like a fairmer plooin his dreels, and eftir thon he'd draw his wallet oot frae his jaiket pooch, far the pun notes lay flat as the sheets in the linen pantry — nae a lirk amang them — an pyke oot his biro frae the mids o the wallet, tae fill up his crosswird.

Whyles he'd screive an official letter wi the biro tae the tax fowk wha'd made sic a snorrel o his returns. Fin I wis auld eneuch tae tak tent o this, twis a richt stammygaster tae see ma faither's copperplate haun. My ain screivins, he aye telt me, luikit like the hen's merch tae the midden — aa scrats an scoors. Ye cud hae framed Faither's letters an hung them in the Art Gallery — ilkie letter wis regular's the spars o a railway line, a Leonardo da Vinci maisterwirk.

The hinmaist oors o the day dependit on the weather. Weet nichts drave him oot tae his sheddie, tae potter aboot, ficherin wi the intimmers o brukken ferlies frae the hoose. Dry evenins, in winter, war spent in the hoose itsel, listenin tae Jimmy Shand or the News, cracklin ooto the wireless wi the wee canvas face an the spars ower its neb like the rays o the risin sun. Dry evenins in spring, ye'd fin him booed ower a spaad in the gairden, howkin aboot amang the flooers.

He didna discourage me frae helpin him wirk in the shed wi his antrin ploys — bit he didna encourage me neither.

"A place fur aathin, an aathin in its place," he'd mane, fin I plunkit a screw doon inno a boxie clearly merkit Nails —, or set a bottlie o turps inno the Car neuk, insteid o ablow the tins o peint in the DIY airt o the shed.

In the hoose, his meenistrations deaved Mither tae distraction. She wad catch him strauchtnin the tinnies o groceries — newest back o the shelf, an aa docketed, sortit an filed like the ranks o a Heilan regiment on parade afore the Royal Faimlie. Aa the ranks war upstandin till attention: nae a tinnie wis skweegee or ooto kilter wi the lave. He cudna abide a kirn or a soss or a raivel-up o ony kin ava.

Hard on the chap o ten, ilkie nicht wioot devaul, he'd traivel frae room tae room, wyndin up aa the clocks, aince he'd snibbit the front door. Bit jist afore thon, he'd hickle oor Scottie dug, Fergie, oot tae hae a pish in the gairden. Whyles, Fergie widna sikk tae pish an I'd hear ma faither rage, "Piddle, damn ye! Ye ken fine it's time tae dae't. I'll nae staun here aa nicht wytin or ye perform, ye hairy wee aiblich."

Fergie wad gie him an auld-farrant glower frae aneth his hudderie blaik broos, cowp his squar wee body agley, cock ae hin leg teetle a claes pole, an teem his bladder doon the side o't, the thin stream o watter aa yalla an rikkin hett.

"Aye, weel! Cud ye nae hae daen yon fur a stert?" ma faither wad mutter afore comin back inbye tae stert the clock-wyndin darg. The ritual began i the kitchie, far Mither keepit a wee reid alarm clock, atween the stoory packet o Daz an the soda crystals. Rikki-tikki-tavi, she caad it. It nocht three sherp rugs tae keep its cogs furlin. "Tikki-tavi, tikki-tavi, tikki-tavi," it gaed, in a teenie, tinny vyce like a mechanical spurgie.

The parlour hid twa clocks. The ain tap o the dresser bedd in an aik frame. Its nummers war gowd an Roman, its oor an meenit hauns siller, like Cupid's arras. Auld Faithfu, Faither caad him. He chimed oot the quarter oors, the hauf oors an the oors in a guid-gyan tune at ilkie chime, like Big Ben, the muckle Lunnon timepiece that rings ootower the orra sweel o the Thames. Auld Faithfu hid a great braisse key wi wings like a butterflee, easy tae crank. Gin ye luikit inno his back door, his intimmers furled an birled an clickit, wheeched an wheekit roon an roon, up an doon like a stemm mill, or a bourach o Heilan dauncers jiggin a Schottische. He nocht fower yarks tae keep him up tae the merk.

The secunt clock in the parlour wis Queen Mary, christened bi Mither fa thocht her a regal kinno timekeeper, like the Auld Queen. Richt eneuch, her chimes war heich in pitch, an mair doonricht imperious than Auld Faithfu. She nocht sax cranks — an whyles tint an oor, sae hid tae gyang tae the watchie.

"A clock that canna keep time's waur nur a hen that canna lay," Faither maned. Bit she wis a byordinar bonnie clock, inlaid in mither o pearl — mair o a gee-gaw nur a wirker, in the wye o Royalty. An eeseless ornament ye cudna help admire!

Granmither Mains wis third tae be crankit forrit. She wis the gangly grandmither clock fa stude hauf up the stairs. The granmither hid travellit on the back o a cairt frae granfaither's fairm at the Mains fin the auld man deed an the name Mains traivellit wi hir. The day o granfaither's kistin, Faither hid us aa scrubbed an caimbed an scoored, as clean's a washer-wife's biler. Faither, Mither an masel stude riggit oot in blaik like three hoodie craws at the yetts o the kirkyaird a fu hauf oor afore the kist cam wi the unnertakkers, fur Faither cud niver thole tae bi late fur onythin, an sae wis byordinar early — sae early it cud bi affrontin.

"Ye div ken the kistin's nae or 10.30 am?" the gravedigger speired as we hodged aff ae fit till tither like a queue wytin fur a bus that's bin divertit.

"Fit's it tae ye?" cam Faither's repon, "I'm here in guid time. Fit the sorra's wrang wi yon?" Guid time wis early. Bad time wis late. Twa meenits o bein kept wytin fur onythin wad set his fingers drummin an his feet tappin wi ill-natur. Five meenits ower an appointed time gart his pulse race an his teeth gnash. Ten meenits wad see him in a rare fizz, like a pressure cooker aboot tae burst.

"Min' on yer ulcers," Mither wad caution. "Bugger ma ulcers," Faither wad snap back.

Efter the greetin an girnin o the kistin wis throwe, Granmither Mains cam hame wi us tae bide. She wis an auld-farrant, rheumaticky clock, slaw tae chime. Back an forrit, back an forrit creaked an cracked hir pendulum in its timmer kist. Throwe the lang, derk rigs o the nicht, twis the sonorous wheezlin o Granmither Mains that sang oot like a dirge ben the hoose. At the oor, on the hauf oor an at the quarters, she grew newsy an gied a bit tune. There wis somethin safe an canny an fine aboot haein Granmither Mains cry oot the oors o the nicht, like she'd met Time face till face, an maistered Him. Faither wis aye gentle at wyndin her up. "A kittle craitur, Granmither Mains," quo he. "She disna jist wirk fur onybody!"

Hinmaist ava tae bi wund up war the twa wee alarms — ane in ma fowks' bedroom, tither in mine. Thon een o mines wis Wee Willie Wallackie, a squar, chaip chimer Mither hid bocht at a sale o wirk. The alarm in ma fowks' room, though, gaed aff like a sten gun ilkie mornin at quarter bi sax. The Serjeant Major, Mither caad it, an faith it wis jist — fur, hail or shine, its summons maun bi obeyed. Throwoot ma bairnhood, ma lugs war niver quat o the clickin an chimin an whurrin an gurrin o clocks, aa set bi Faither. Time, though, rins oot fur aa o's — even him. I wis a grown man, a student, bidin in the toon, fin he deed. He'd bin mair nur ready tae faa tee wi Daith — wis gleg at the prospeck.

"Thon auld beens hae cairriet me lang eneuch throwe the warld," he soughed. "I'll be glaid o the rest. Forbye, yer mither's awa afore's. Ma feirs are gaen. Naethin's keepin me here noo. Min' an wynd the granmither fin I'm awa."

His kistin ran like clockwork, jist the wye he likit it. Nae wan sowel amang the mourners wis latchy — nae even Dod Forbes. Bit the day efter yon, fin the time cam tae wynd up Granmither Mains, the contermacious auld carline stalled. Nae anither myout wis iver heard frae't again.

"Clocks are like fowk," quo the auld watchie fa tried tae sort it. "They dinna tak weel tae cheenge, or onythin fremmit that caas them aff their stot."

Granmither Mains wis selt at the neist Antique Fair, bocht bi a rich American as a Scots ferlie tae staun in a neuk o his Boston hoose. Whether the auld bizzim likit it there or no, I niver kent. She wis jist ae mair Scot tae suffer the weird o a Clearance. There wis little eneuch gear left ower o ony wirth bit a gowd Elgin fob watch o Faither's that I fell heir till. Fin he riggit for the Kirk, fur a waddin, or a christenin or a kistin, he aye wore the gowd Elgin fob on the en o a stampit chyne ower the stammach o his wyskit. Man, it wis braw! A richt bosker o a ticker. A watch fit fur a Lord Provost or a Bank Manager! I tuik the lave o the clocks back tae ma digs in the toon, bit the tither students cudna sattle wi aa the tirrivee they kickit up.

"It's like a tribe o canaries, aa twitterin an cheepin thegither," they maned. "Nae a wink o sleep his ony o's haen sin the dasht things cam inno the hoose. Cud yer faither nae hae colleckit sundials or oorglaisses?"

Within the month, Rikki-tikki-tavi, Auld Faithfu, Queen Mary, the Serjeant Major an Wee Willie Wallackie aa set aff in a cardboard boxie tae the nearest roup. Wi the siller I made frae them, I bocht a bobbydazzler o a denner at oor local Chinee restaurant fur masel an aa ma feirs. I cudna thole ma Mandarin Dyeuk though, bit bedd as doon-leukin an ficherin as Judas at the Last Supper — or Esau mair lyke, fur I'd sellt ma orlogick birthricht fur a mess o pottage.

"Dinna be sic a gype, Neil," ma flatmate tellt me. Clocks nooadays are aa quartz an disposable. Time's quate noo. This the the age o plastic an microchips. Gweedsake, here's us teeterin on the brink o the Millennium, an ye're murnin the loss o a puckle wirm-etten timmer stoor-collectors!"

Time wis quate noo, richt eneuch. The lang rigs o the nicht war nae langer merkit aff like the lines o a ruler. Time hid tint aa its meanin fur me. Whyles it flew by. Whyles it crawled. A hale wye o life hid disappeared. A wye o kennin, a wye o bein, a wye o leevin hid vanished awa. Nae jist Time hid cheenged neither. Since ma bairnhood, the clachan that I'd growed up in hid filled wi incomers. Kin hid meeved awa, nae till the neist fairm or tae nearhaun clachans, bit hale continents awa, like a keekin-glaiss smashed tae smithereens, wi shards in aa the airts the wins can blaw.

The Kirk on a Sabbath wis near teem. The spikk o the fowk aroon wis a Babel, a hotch-potch, a kirn o accents like a muckle kedgeree steered up in a linguistic wok. The kent merkers war tint — twis like gaein ower the Lecht in blindrift: the road wis happit in sae ticht it seemed whyles there wis nae wyegang ava.

Alane in the toon, I keepit ma faither's fob watch, the gowd Elgin, in the drawer aside ma bed. Twis the hinmaist link wi the past — wi the clachan; wi a hale culture that wis gweed an trig, lang-kent, fameeliar an purposelyke. Fin I'd bin wee, it eesed tae scunner me the wye naethin iver cheenged — the wye ye cudna wauk three strides wioot faain in tow wi a kinsman or neebor or feir or frein. Fin I wis wee, I eesed tae think fur a certainty, gin ye traivellit tae the North Pole, a Ferguson wad hae won there afore ye, tae speir fit ye thocht ye war daein there sae hyne-awa frae hame. I eesed tae wish fur cheenge; eesed tae wish fur the fremmit . . .

"Takk tent o wishin," rins the auld Chinee wice-sayin, "fur fear ye micht hae yer wish."

I eesed tae lauch at the butter-bap roonness o the kintra physogs in the clachan, thon weel-scrubbit luik like a hairst meen wi fernietickles ower't. Bit a hunner times better thon, nur the heroin-hauntit chikks o the human orrals that flittit like ghaists ower the cassies aside my yett in the toun. Deed, deed een, hae the druggies on them. Deed, deed een, an a muckle gapin hole far their hairts sud be. Grey aisse is their morals, far the cracklin lowe o conscience burns in the breist o ithers. They wad kill, bladd, reive, fur ae bite o the dragon's fang.

I wis cooried ower ma buiks, afore an exam, fin a draucht o jeelin air wheeched in frae the door. I catched a glisk o a thin, peelie-wallie, yirdy vratch, swippert's a snake, creepin up the back stairs. I raisse an gaed oot tae the lobby.

"Fa are ye?" I cried. "Fit are ye sikkin here?"

The wraith mummelt some styte aboot colleckin a rucksack fur Davie, a student frae Manchester, an said he wadna be twa meenits an nae tae fash masel. Richt eneuch, he wis nae suner in the hoose nur he wis oot o't, licht's a moch. Three oors efter, I feenished ma buiks an gaed up the stair tae ma chaumer tae sleep fur the nicht. Richt aff, ma een fell upon ma bedroom cabinet drawer. Twis a thochtie ajee. Naethin ma hallirackit flatmates wad hae noticed — bit I cudna miss it, nae wi my upfeshin.

I slid the drawer open wi a sinkin hairt. Ma cheque buik, a puckle sma cheenge an a radio war tint. Aa these ferlies cud be replaced. Bit the braw, gowden Elgin wis gaen — reived — chored — tint. An yon I cudna replace, nae fur a king's ransom. The police interviewed aabody in the flat, bit held oot nae hope ava that I'd see it iver again. The thief wis kent tae them: a heroin addict, chorin frae onybody an aabody tae feed his habit.

"He'll win aff wi community sairvice," quo they. "Efter aa, it's a sickener."

"Fit's aa the soun aboot?" speired ma flatmates. "Ye're insured, are ye nae? Ye cud buy a dizzen digital watches wi the insurance siller — luminous, snooze buttons — aa the gadgetry ye cud wint!"

Bit I didna wint a modern clock, a disposable clock, a clock wi nae past, nae future, nae character: a Chanticleer, neutered, synthetic an chaip. "Quality time," the Americans blyter on aboot. "Ye sud spen Quality Time wi yer fowks, wi yer faimly, wi yer freins." Fur aince, the Americans hid knelled the nail fair on the iron heid. Bit fin aa the warld aroon is anarchy, chaos, a void; fin bits o bairns are druggies an ilkie yett is lockit fur fear o thieves, mebbe a digital clock is aa it deserves, this warld, as it styters, aimless an tint, ben the derkenin, dowie, mortal Lane that is the Future.

THE HOWE O MARTULLICH

[Note: many of the tales contained within this short story are based upon traditional legends of the Deeside area, particularly those collected by John Grant of Glengairn in his Legends of the Braes o Mar.]

Fin the Faither o the Great Jew wis biggin the warld, ae bit o the darg wis already vrocht bi ither hauns, fur Eden itsel cud haud nae caunle ava tae the seely Howe o Martullich in the Eastern Hielans o Scotland. Faith, the fairy fowk thirsels hid wyled it awa frae Tir-nan-og at the Crack o Time, an they ringed it aroon wi Bens an Knowes like a muckle great skelp o a sheep-fauld. Syne the Wee Fowk spirkit the lan wi shooeries swete, an clouds, licht as thrissle-oo; an they giftit tae yon grun a flichter o birds an breets, a reeshle o wing an hoof, alang its bonnie braidth. Thyme an breem an harebell skittered alang its braes; heather an bracken, an buss o the wild fite rose.

The lee-lang day, a squalloch o spurgies, a yammer o yities, a caain o corbies an a craikin o capercailzie chimed in wi a cheepin o mavis, merle an blackie tae gledden the braes wi music. At gloamin, it didna dwine neither, fur syne tuik ower the saft croo-croo o the cushie, and the greetin keen o the whaup melled wi the eildritch skreich o the hoolit. The gaitherin wisps o mist wad creep doon frae the heich showders tae hap aa in the derkenin plaidie o nicht. An there wis naethin fearie or ill in yon nicht: twis jist like a closin ee that opens syne, refreshed efter a slockin sleep.

The Glen o Martullich wioot birdsang an wattersang wad be as fushionless, as peely-wally, as shilpit, as wersh, as blae, as guid Scots broth wintin the satt — like the lilt o a ballad ye'd heard in yer verra cradle an cudna imagine life wioot. Fur the showdie-powdie wins that ruggit an tuggit the booin birks an leerichie-larichie laricks, the fusslin firs an the creakin aiks o the howe war fulled wi the echoes o birdsang an wattersang, wattersang an birdsang, like a muckle green clarsach strummed bi silken fingers. Oh, swete the chirp an chitter o Nature's fusslers in the Beltane dyews o yon blessed airt.

Noo, tae keep the winged fowk o the air companie, sae they michtna weary, the fairies cowpit the Horn o Plenty alang the braes o Martullich, till ilkie teem neuk wis reamin fu wi leevin, lowpin craiturs. Scalin alang the glen wis a lythesome linn o deer, a hale breenge o bawds, a fleerich o mappies, a kirn o creepie-crawlies an a hotterel o mowdies, tods, brocks an bantam chukkens. There war herds o reid-haired kye, wi horns that Thor hissel micht hae worn gaein furth tae a tulzie. Siccan a heeze there wis o slidderin, rinnin, bobbin, creepin an wummlin breets, baith twa an fower-futted, as gaed forrit inno the burns an girse an sheughs tae bigg their hames! Owerluikin them aa wis the Laird o the fower-futted fowk, the dun-haired stag, wi his noble een twa gems in his horned heid.

At the hinnereyn, the Queen o the Feys scrattit her gowden powe and thocht a lang file fit micht she gie tae the Glen fur a glentin jewel in its bosie. An syne she kent. She cuttit ae lock frae her bonnie, bonnie hair an magicked it inno the makk o a leevin river — the River Dubh — like a glimerin aidder, warsslin aroon in her neive til she set it doon foriver-an-aye, tae slocken the steeny parks an roch whin braes an heathery, humfy muirs o the Howe o Martullich.

Ben the Howe it ran till, efter a sax-seeven mile, it drappit ower the blaik face o the Dubh Linn, tae lan wi a skelp like the wheek o a salmon's tail inno the pit at the watterfaa's foun, far it birssled an byled in a fite fizz like the rikk frae a michty cauldron. Sinsyne, it treetled alang, its virr clean connached, weariet an trauchled wi its lang stravaig, tae beery at last its lang, lang currents o ripplin watter, amber an broon like a kelpie's mane, inno the blaik, blaik moo o Loch an Dav.

Noo, Loch an Dav wis seenister an sleisterie betimes, glaury at its boddam wi lang, treelipin weeds. Bit in the simmer sun it cud luik bonnie an beguilin fin the midgies dauncit abeen its shallas an its sweels. The pike in Loch an Dav war a thoosan year auld, an mebbe aulder. Cannibals o the fish fowk they war, wi ugsome, slivvery mous that raxxt an streetcht an snappit up the sma-finned trooties that war their ain scaly brethren. Deid glaiss een the pike hid, wi souls o iron an skins as teuch as plates o tin, like the armoured jaikits worn bi the sodjers o hyne-back times.

The Celtic fowk, fa bedd in yon airt langsyne, biggit a timmer crannog richt in the mids o the watters o Loch an Dav, weel ootower frae the fite-fanged wolves that reenged its shores; an safe tee frae reivin caterans or cyards. An there, the Druid priests sneckit the heids aff aa incomers (yon wis fair the wye tae deal wi the breets) haivin their beens doon tae feed the pike, that thon derk sheddas at the watter's foun micht gnaw an plavver ower their misfittit prey. A muckle plaid-preen vrocht in bronze hid bin fushed frae the rottit foun o thon auncient lochan-clachan. An thon plaid-preen hid aince bin ained in the deid-langsyne bi a Druid priest, fa'd drappit the ferlie there as a giftie till the speerits o the watter tae proteck the fowk o Martullich. Fur, as aabody kens, the speerits o watter, kelpies an the like, hunger efter the flesh o humankind an delicht in trystin them inno the ice-cauld peat-bree waves, there tae meet in wi Daith hissel. The Druid's cherm wis liftit finiver the preen wis fushed frae the Loch. An aften since yon, Loch an Dav — sae bonnie, sae slee — wad fyles gollup doon a chiel, or a quine, or a bairnickie, tae satisfee the Derk Gods bidin at its foun.

There wis jist ae time o the year that Loch an Dav wis deserted, an yon wis Hogmanay, fur the story gaed that Duncan Gillanders the warlock raisse frae the mools an drave his coach an seeven blaik reid-ee'd shelts ower the Loch as aince he'd dane in life, wi the Deil at his oxter, an a craw, a pyot an a raven flichterin roon his heid fur dreichsome feirs. Fowk telt tae foo the coachman, some local chiel, wis terrifeed the thin ice happin the Loch wad crack an brakk — bit he wis even mair hairt-feart o the Deil an the warlock. Sae he lickit the shelties' back wi his wheep tae drive them on. The warlock vowed the coachman wad cam tae nae ill as lang's he didna keek ower his showder; bit, wi'in sicht o the shore, the chiel forgot tae tak tent an teeted roon. The ice crackit; the hinner wheels laired in the loch till, wi a sweir, the warlock ruggit the reins frae the coachman's hauns, lashed on the shelts wi a muckle skelp o the wheep and gart the hale Hellish rickmatick breenge forrit onno the dry lan. An ilkie Hogmanay sinsyne, gin the frost wis coorse, the merks o yon coach's wheels war tae bi seen on Loch an Dav, as mony testifeed — bit nae afore the meenister, fur he held nae truck wi siccan tales an ay threatened tae howk the warlock up frae the mools, neck an crap, an haive his coorse beens ower inno the nearest midden.

Tellins tae bide awa frae the Loch wis as watter aff a dyeuk's back tae the bairns, fur there wisna loon nor quine in the Howe that wisna hauf troot. Wi a linn an a loch an a braid, braw river in their ain backyaird, they cudna scarce be naen ither. The first soun they heard o a mornin wis the River Dubh's tongue liltin ower the steens at her founs. Twis the ae sang they cairriet i their lugs frae morn till nicht, jist as a fusherman cairries the sough o the michty ocean wi him, or the tounsman lippens tae the birr an dirl o traffic. The littlins o Martullich dookit in the river, guddlit in her, dammed her, wauked bi her, paiddlit in her, grew up tae coort bi her, war kirstent in her, drank her in fusky or tae — an even washed their deid an their caurs wi her. Fowk spakk o the River Dubh as if she war pairt o the faimly, fa ye cud veesit, or sit bi, or think on aefauldlie.

Echt mile, frae tap tae fit, streetcht the Howe o Martullich, wi the River Dubh, like a muckle airterie, pumpin her life-bluid ben it. At its heid, guairdian an croon, the laurel wreath upon its broo, soared heich Ben Tullich, far the Dubh wis born as a wee bit spring, aa bibble an spray, a jimp sprig that swalled tae a michty chorus fin the vyces o a hunner peaty burns jyned her. Ben Tullich cairriet the wecht o the cloods on his back. Thunner an lichtnin, storm an rain bedd in his lowerin corries. Roon his harns glimmered the shairp clear starnies o nicht an the oot-raxxed glint o the planets. The reid rose o dawn flooered on his breist; the evenin lowes o gloamin crummlit tae aisse in his lap. Ay tippit in fite far the ice clung tae his crannies, Ben Tullich stude wi his muckle airms ootflang, fur aa the warld like some winged steen dragon. In winter, he wis smoored bi the coorse blindrift, a ghaistie grippit bi snaw's iron neive. In spring, he wis a birn o watter, bountifu an weety in the swackenin thaas o Mey. Aa simmer, the young fowks socht oot his corries an braes tae sclimm or coort amang. Bit in autumn, at the back-eyn o the year — oh ay, in autumn! — ye kent he wis King o the Howe, fur he riggit hissel in a muckle purple plaidie, in the glory o the heather's bloomin, richt till the snell, snell days fin the stags' roar rang oot in the rage o the rut.

The Celtic fowk o the hyne-ye-back times keepit Ben Tullich as a haly place, far the stag-god Cernunnos reigned, the chiel wi the antlered heid, fas lear wis the lear o Natur, the lear o fush an fowl an fower-fitted ferlies aawye. His descendants war shot an herdit an culled like nowt fur the pleisur o towrists; bit the antrin gangrel body cud still luik at a stag sidieswyes an winner far his grace an courage an speed cam frae. Fur certain the hefty sheeters in their tweeds an brogues war slaw an clumsy as bulls in a park — nae grace nor lytheness in them, dingin the heath tae smush wi their muckle clorts o Landrovers.

Near at the fit o Martullich, wast o the River Dubh, bedd the dominie, Calum Petrie — a muckle, strang billie o sax fit twa, fas hame wis a roch-an-tummle but an ben, wi a gairden owergien tae girse and wanderin wullies an aa mainner o weeds wydin in frae the wastes o the muir. For Calum's life was lear — the gaitherin o lear an the gettin o lear. Far ithers' hames micht bi beeriet in stoor, Calum's hoose wis stappit wi buiks. Ilkie cheer, ilkie neuk, ilkie brod wis happit wi buiks an pamphlets an screivins, reamin ower like the Linn Pot at the Dubh in the roar o the spring thaa. Though he wis biggit strang's a barn, Calum wis a gentle chiel, wi clear blue een like the lift abeen Ben Tullich on a Mey mornin. He'd a rich, rochlin lauch that gurglit in his thrapple like the Dubh ower graivel, fin it ran, shalla an bricht, ower a smaa puil. He keepit a puckle skepps o bees at the Ben's foun an sae skeely wis he at the auld airt o hairstin their hinney that there wisna a bee born that wad sting him. A swairm cud hing frae his braid neive like a boorich o blaik raisins an nae ill befaa him. Wi littlins anna, Calum wis weel lued as storyteller an frien, raither nur a dominie — an wis niver kent tae skaith nur skelp them, though they cud be tink vratches, the bairns an halflins o Martullich, fin they'd a mind tae quanter!

The dominie's hoose luikit squar inno the braes o Cnoc an Bradan, Ben Tullich's hauf-brither. Fowk said that Tam Rattray, a fusher faad bedd aince on the Cnoc, hid faan asleep ae day in its lap an bin cairriet awa bi the queen o the feys fin she'd cam tae hae sicht o hir kingdom. Seeven lang years tae the day, he wis gaein hame till his faimly, efter he'd catched a cantrip salmon fur his eildritch mistress. Some fowk caaed the place the Fairies' Crag; tithers Cnoc an Bradan; an the burnie that ran doon its sides wis the Salmon Burnie tae some, an Allt-na-Bradan, in the auld wye, tae the lave.

Aside the banks o Allt-na-Bradan stude the timmer hoosie o Beldie Marnoch, an auld widda bodie, wi the Birk Widdie at her back yett, wyvin its wechty green plumes abune her lums like sae mony fliskie shelts. The reeshlin birks, that trimmelt thegither like fleggit quines fin the wind gurled aroon, war her nearest friens an neebors. Mistress Marnoch wis as auld's the Hills o Birse an cud redd up the pedigree o ilkie faimly in the Howe — foo close they war in bluid an fither thon bluid wis coorse or kind, braw or flawed. Naethin gaed by her. Like some auld, runkled taed bi the burn, gin she spied ony juicy sklaik, syne wheech! she'd gap her mou an gollup it doon like a flee, tae savour it at lenth. Her hoose wis ay stappit fu wi a hotterel o herbs, wi jars an coggies an potties o aa kins, fulled wi the fruits an berries frae the Cnoc, or frae Ben Tullich hissel. She'd niver tint the airt o brewin birk wine frae the wids that backit her hame. Twis said that auld Beldie Marnoch's birk wine wis as guid's champagne — dyod! the verra laird keepit a bottle o the stuff... bit coorser tongues waggit that he eesed it fur eyntment tae his shelt's gammie hoch.

The auld wummin's physog wis o the guid Scots makk — heich-like chikks, blue een, beens like the riggin o a bantam's sma-boukit breist, an hair like the tangs o yowies' oo catched on pykit weer. Hir hauns war swalled like puddens wi the rheumaticks and her back wis booed wi years o howkin an dellin in hir ain kailyaird. She niver dauchled in the tellin o a tale. Fither twis true or fause wis nae maitter ava tae Beldie.

East o the foun of Ben Tullich raise Tom na Fuar, the cauld knoll, wi the Sodjer's Cairn at its heid. Fin the forty-five wis at its heicht, a reidcoat sodjer's corp wis fand atap the knowe, skewert bi a dirk like a stickit soo. Feart o the ootcam, an kennin their kye wad be driven aff an their hames brunt tae aisse gin the maitter cam tae licht, the fowk o Tom na Fuar cairriet the murdered Sassenach doon tae the River Dubh an haived it in, far it cowdled doon tae Loch an Dav tae a pike's bellyrive. Twisna heich, Tom na Fuar, bit fegs, the croon o't wis steeny an scabbit, as cauld as its name wid hae ye jalouse. Fur the wind raged like a wheep roon its bald croon, wi deil the tree or buss tae brak its path. Hauf wye doon though, the grun turned growthie, wattered bi a bit burnie, caaed the Allt-na-Darroch, that raisse aneth the Sodjer's Cairn. Sooth o the burnie stude the Darroch Widdie, a hantle o muckle aiks that creakit an sweyed an soughed like a bourach o rheumaticky wifes, an syne the parks o Clach Dubh fairm, far the Mowatt faimly hid plooed the rigs and raised a puckle scrunts of Ayrshires fur a fyew hunner year an hid planted the antrin park wi barley, neeps an clorts o tatties. A twa-three roosty caravans cooried thegither heicher up the burn, far the grun wis rocher an coorser, fit anely fur grazin yowes or doon-pitten towrists.

Auld Dod Mowatt, the heid o the clan, wis spare's a birk in December, a heich, sherp-ee'd, lang-nebbit billie fa still raisse wi the teuchit an beddit fan the hinmaist licht wis sneckit oot in the clachan o Martullich, fower mile awa doon the glen. His ain loon an his dother-in-law hid bred twa laddies an a quine — aa wi the Mowatt luve o music, though there the likeness cam tae an eyn, fur their naturs differt as pizz tae crowdie.

Their mither, Mary Mowatt, wisna weel-faured, She wis as braid an as brosie as a feedin stirk, wi fair hair as roch's the streyns o a frayin towe. Bit ye dinna glisk at the lintel fan ye're gaun throw the yett, as Dod Mowatt ay said. The wife cud bake a scone or milk a coo wi the best o them, an she wisna feart o wirk, as hir roch, hackit hauns wad testifee. There wis jist ae flee in the eyntment — she wis unco releegious an kirkie, if ye cud caa thon a faut. An mony did jist thon, fa felt the Hell-fire skelp o hir tongue.

Cooriet atween the fork o the River Dubh an its littlin, Allt-na-Darroch, bedd Ross Durward the gamie, the Mowatt's nearest neebor, on the north showder o Clach Dubh, ower the burnie. A rickle o sheds an shacks, hutches an runs war straigglit aroon his but an ben like a hotter o hennies clockin roon a cock. Durward wis the finest breeder o futterats in three shires, a muckle blaik chiel wi a muckle blaik mowser, wi a hudderie blaik heid that wad hae brukken the teeth o a steel kaim, an neives like twa ashets. Ower his showders an doon his back — ay, an ower his breist anna, like a knottit plaidie — growed a strang, raivelled hap o hair. His sark wis springy tae touch wi the muckle buss o hair at his breistbeen near powkin ooto the buttons. He bedd wi auld Nell Durward his widdaed mither, fur he hissel wis a widower, wi an anely loon tae raise, young Alistair Durward, as hairy a breet as his sire.

Ross Durward cud gar a falcon daunce tae the lure, cud tryst it doon frae its cloudy hame in a steep, brakk-neck dive, tae drap on a wee bittock raw maet on his gauntleted haun. Bonnie, yon, tae see man an bird wirkin thegither: the falcon aa licht an fedders an speed; the chiel thirled an reeted tae the grun. Durward wis an expert tae at haunlin futterats an cud clear oot hale warrens o mappies in a foreneen wi his nets an his muckle amber futterat, caaed Ryvers. Faith, he wis as gleg at haunlin weemin-fowk as he wis at haunlin breets. Fowk spakk o men fa'd maistered the Horseman's Word, fa cud gar a shelt lowp tae ony tune as the humour tuik them... an sae twis wi Ross Durward the gamie an the weemin, fur he ay hid a twa-three quines hotterin awa on the back-byler. Mony's the Inglis ile-wirker set aff fur the rigs, little kennin their fite-faced scrats o wifes cheered their grass-widda days in the wids wi blaik Ross. An faith, their men sud hae kent better than leave them alane i the first place, fur a teem nest's an open invite tae a reivin corbie, an Durward wis as blaik's a corbie as ony hett-bluided lass cud wish.

Durward's beat lay frae the mids o Ben Tullich doon tae the Bodach's Puil, the deepest an maist weirdlie pot in the upper streetch o the Dubh — the puil far an auld fusky smuggler wis drooned as he tried tae sweem frae the excisemen in the days fan Martullich wis hotchin wi mair stills nur flechs on the tail o a cyard's sark. The Bodach's Puil wis as gluttit wi troot as a fush-wife's creel, blaik as blaik an sweelin wi coorse currents; as derk's a tin o traicle; a puil tae gar the hen's flesh crawl.

Auld Beldie Marnoch swore she'd seen a cailleach bi the Bodach's Puil the nicht afore her man, Neil, wis killt on the road bi a larry, as he cam styterin blin-fu hame frae the mart ae nicht. Beldie vowed the cailleach hid nae face ava, jist a bare skull that pit the deid-jeel inno her hairt. Washin grave-cloots in the Bodach's Puil, the cailleach hid bin, a skeleton-wife wi an auld torn plaidie flang ower her showder an wi the mist o the muir wyvin oot an inno her great teem een. Tithers hid seen the ghaistly wife anna — ayeways afore some mischancit ootgate. Francie Farquharson's sister hid spied hir the nicht afore Francie wis blawn tae buggerie bi a bomb in the trenches ower in Flanders, at the heicht o the Great War that teemed Tom na Fuar o maist o its crafters. The larachs o the auld crafties an biggins war ay there yet — mair poignant nur gravesteens, yon rickles o steens that hid aince bin steadins an hames.

Sooth bi the Allt-na-Darroch, the grun wis flat's a bannock, a lang skelp o smeeth girse that wis the Games park, keepit fur marquee daunces, fur shows an fur the Games thirsels, the heich pynt o the Martullich year fin aa the warld an his mither foregaithert tae see their kin an neebors an fiers fur a claik an a dram, or a fecht an a toozle-up, as the humour tuik them — or a race up Tom na Fuar gin they war swack eneuch. On Games days, quines war coortit an some war beddit. On Games days, fowk kent they'd grown aulder bi the runkles they spied on the broos they hidna seen for a rowth o sizzens. On Games days, lassies kent they'd tint their luiks fin last year's frock wadna meet roon their wames fur creesh. On Games days, tykes bowfed, yowes baaed, kye lowed an bairns skirled an war spyled or skelped accordin tae fa wis takkin tent o them. Pibrochs keened ower the hills an tartans sweeshed in the Ruidhle Mhartulachain — the Martullich Reel. Cyards pitched booths an selt trashy geegaws or telt fortunes in the spae-wives' tent. Somebody's mither or faither or uncle (whyles aa three) got roarin fu an hid tae be carriet hame. The heavies peched an swyted an stampit roon the park in their wechty kilts like sae mony choochin traction ingines, makkin ready tae haive the haimmer or the steen — or tae haive ane anither doon in the dubs in the wrasslin.

The McHardy o McHardy, the Laird hissel, wi his wife, ay opened the Games an ilkie year the fowk o Martullich ran fur the siller quaich the McHardy chief hid gien as prize tae fa-iver wad rin tae the tap o Tom na Fuar first. The quaich wis ay fulled tae the brim wi fusky frae the Martullich distillery tither side o the Dubh frae the Games park itsel — the finest fusky in the hale o the North. Tappy Sinclair, the champion Heilan dauncer, ay swore he washed his feet in Martullich fusky afore he daunced, bit auld Beldie Marnoch quo, "Ay, bit he drank it first and then peed on his feet! Either wye o't, he ay won the Ruidhle Mhartulachain richt oot.

Hard tae the east o the Howe, oot ower frae the Games park bi twa Scots miles, dippit doon the Bogle's Den, the trystin place langsyne o the michty warlock Duncan Gillanders an his coven o witches, culled frae Martullich itsel an fower clachans aroon. Twis a dreich, dowie Den, far deil a glimmer o sun teeted in. Twis a taigle o aspen an willow, a snorrel o nettle an ivy, a dubby, glaury hole the like o fit anely a soor, dour warlock wad chuise tae bide in, an ill-faured, ugsome, gyad-sake, scunnersome airt that even the foolest, maist orra o puddocks wad steer awa frae; a pysoned airt that fowk bedd back frae, sic a pouer hid the name o Gillanders ower Martullich fur hunners o years efter his daith: Gillanders fa drave wi Auld Hornie ower Loch an Dav, fa cud cheenge tae a futterat or a bawd at wull, fa aince reested a hale howf-fu o revellers tae pey them back fur brakkin his sleep wi their ceilidh.

Doon frae the Bogle's Den ran the Bogle's Burnie an near far it jyned the Dubh lay the Tippeny Puil, far Gillanders the warlock drappit tippence inno the watter frae his hip pooch ae nicht as he flew hame frae a tryst wi the Earl o Hell. Twis the lit an the set o a tippenny bit, the Tippeny Puil, wi a muckle flat steen in the mids o't that the Martullich bairns likit tae lie on, an watch the dertin wee bandies heezin aroon the ripples o the burnie.

The Dubh furled roon the Games park, cuppin the grun in its wattery haun. Slung ower the braidth o the watter wis the Trimmlin Briggie. Twis stinch eneuch — a hardie, steen, humfy-backit briggie — bit langsyne hid been nae mair nor a roch towe wippit roon twa aiks that sweyed fin fowks swung abeen the roch sweel o the waves on their wye frae ae side till tither. Sae twis kent as the Trimmlin Briggie. An yonner, the bonniest quine in Martullich, Bessie Ritchie , wis drooned files back, swingin ower the Dubh on the towe, haun ower haun, tae tryst wi her luver, Tam Farquharson, the ghillie. The Dubh wis in spate. The quine's haun slippit. She plumpit doon in the mids o the thunnerin waves an wis cairriet awa like a leaf. Her luver lowpit in tae save her, an sae it wis that the baith o the young fowk war tint. The auld fowk said they war laid on the east brae o the Dubh an nae flooer wad growe there atap their banes — fur twa flooers lay there aready.

"Luvers' Lowp" they caaed the deep pot aneth the Trimmlin Briggie an on het simmer days Martullich halflins drapt like puddocks frae the brig inno the ice-cauld watter as a test o their manhood, fyle young quinies keekit frae the banks, eggin them on wi skreichs o delicht. Roon the banks o the puil merched raw upon raw o emmacks, cairtin awa the crummies frae picnics, like a traffic line o wee artic larries.

Wast o the Trimmlin Briggie raisse up Ben Bodach, sib tae Ben Tullich, bit nae near sae heich nur sae fell. Here treetled awa doon the bonnie wee burnie caad Allt-na-Smeoraich, Burn o the Mavis. Syne, atween a glen o birk an roch heather, doonbye the Cateran's Cave, lay a muckle ravine cuttit ooto the side o Ben Bodach bi the warlock Duncan Gillanders on a nicht o storm an thunner an wae. As lang's fowk cud myne, caterans an cyards hid campit yonner. A boorich o reivin McGregors hid bidden there aince: them an their limmers o reid-heided wummen had spulzied the fattit kye the kintra roon, till the McHardy chief catched an hung them frae the Gallows Tree o Martullich — the same dreich an dowie pine that still stude bi the Cateran Cave. Noo the cyards' wives hung their washin on't tae dry — better nur haein a puckle rotten corpses tae fleg the craws. Ilkie simmer, bourichies o traivellers laundit in Martullich like migrant birdies, sattlin a fyew months i the gangrel wye, afore meevin on. Maistly twis the Faa faimly fa campit yonner, tellin weirds, orra-jobbin an poachin aathin they cud net or snare frae aneth the neb o Ross Drummond the gamie. Belle Faa, the mither, wis a by-ordinar bonnie singer — the verra cheepers on the trees wad wheesht an lippen tae Belle's sangs. An gin ye'd taen a turnie up bi the Cateran's Cave on a braw July nicht, ye'd hae catchit a guff o roastin troot an the rikk o burnin birk, an lippent tae a swatch o ane o the auld ballads that she cud sing sae fine — sae weel, nane better — wi her deep vyce ringin ower the Burn o the Mavis in the douce air —

Chairlie McPherson, that braw Heilan laddie
On Valentine's Eve cam doon tae Kinaldie
He courtit young Helen baith waukin an sleepin
'Oh fair faa them has my luve in their keepin.'
'Madam', says Chairlie, 'whar is yer dother?
Mony times hae I cam tae Kinaldie an socht her.
Noo she maun gae wi me mony a mile
For I've brocht my ain men frae the Western Isle'.
'As fur ma dother, she's gaen far abroad;
Ye'll nivver win at her, her tocher's sae guid.
She's on tae Whitehoose, there tae mairry Auld Gairn,
Oh fair faa them aa that wad wait on my bairn.'
When he cam tae the hoose in bonnie Cromar
Sae weel did he ken that fair Nellie wis there;
Fur Nellie wis sittin upon her bedside
An ilkie braw callant wis caain her bride.
The carls gaed oot — they waurna weel licht —
Their swords an their spears war glentin fu bricht.
Sae laith as she wis, her true luve tae beguile,
Wi his horse an men, frae the Western Isle.

Noo, hard bi the Dubh, as it traivelt curvie-wyse ben the Howe, ran the tarred road on the east side o the watter, awa frae the cyards an their squatter o caravans an tents. Doon frae the Trimmlin Briggie lay Dan Gow's neuk, far the drunken piper, Dan Gow, killt three Martullich loons fan, stottin-fu, he wis drivin hame frae a daunce on yon skytie road, wi-in sicht o the clachan o Martullich itsel, set fower-squar in the mids o the Howe like a muckle fat wyver plunkit doon in its wab. Echt score hooses made up the clachan o Martullich, forbye shoppies, a gairage an a haa, laid oot as straucht an trig's a tartan sett — fur the first chief o the McHardy clan gart his henchman Iain Gow waulk up an doon, back an fore wi a hand-ploo, merkin oot a straucht furr like ony Roman, ower the muir far the clachan wis tae bi biggit. Syne the heather an whuns war brunt, an the bare muir cheenged tae steen an thatch an a hantle o reekin lums.

The Dubh lay wast o Martullich, wi the Timmer Briggie ower the streetch o watter aside the howff. Somelike the Trimmlin Briggie, the Timmer Briggie hid aince bin (as the name wad tell) a muckle caber cowpit frae ae bank till tither. Noo, steen an lime airched ower the waves. O an eenin, the fowk o Martullich wad traivel frae the howff tae the brig an foregaither in the mids o't tae owerluik the watters o the Dubh an obsairve foo heich, foo shalla, foo cauld, foo

77

hett twis rinnin, or tae luik fur troot or salmon lowpin an haud forth on foo mony, foo fyew fush war rinnin; or jist tae swap the crack o the day an glisk upwatter tae Ben Tullich, fa owerluikit the clachan like its Lord Provost wi an ermine stole o snaw on's breist. Syne, they'd gie the muckle Ben a nod as if tae say, 'Ay, ay, min, anither day doon the burn'.

Gin ye daundered ower the Timmer Briggie fur a bit stravaig, the darg wad be weel repeyed. Tither side o the Dubh frae the clachan wis the roch, wee, humfy roadie caaed the Fiddler's Beat, leadin ower tae the fit o Creag Boideach, far lay the curlin puil. Aside yon stude the glebe, the meenister's grun, wi the meenister's hoose nearhaun the kirk, far the Reverend Donald Skinner bedd. In aulden times the kirk wis reefed wi heather. Twis brunt tae the grun bi a shepherd sheetin a pertrick aff o't wi a flint-lock pistol. An twis in the Martullich kirkyaird that a McHardy chief, Iain Dubh, wis beeriet — nae, as micht hae bin jaloused, ahin the braw iron yetts o the chapel morgue at the castle.

As chieftains gyang, there wisna a braver. Aa the bards an aa the auld sangs agreed aboot thon. Bit it maun bi said he wis gey wild, an a verra deil amang the weemin. Ae wintry Sabbath foreneen, fin the icicles on the eaves o the kirk war as wechty as dirks, an the Dubh ran wud an reamin, stappit wi snaw an floes o ice as thick as steeples, Iain Mchardy's Martullich tenants —ay, an the chief hissel at their heid — stude wytin at the kirk fur the meenister tae win bye. Thick drifts hid keepit the craitur awa, fur he bedd in yon time on Tom-na-Fuar, an his sheltie wis foonerin ben waas o snaw near the heicht o its saiddle-girth an abeen. A fylie, an the guidfowk o Martullich blew on their neives an trampit their brogues, an chittered in their plaidies, an ruggit their bunnets doon ticht aroon their lugs, till Iain Dubh McHardy, their chief, proponed they sud aa treetle inbye the fiddler's hoose, far Will Anderson keepit a still. Efter a rowth o drams, back tae the kirk hytered the pugglit congregation, the chief stotterin at their heid, an a ceilidh got up in the kirk itsel. Twis there Iain Dubh, inspired bi the fusky, composed Ruidhle Mhartulachain, the reel o Martullich. At the hecht o the hoolie, as McHardys, McGregors, Durwards, Riachs, Mowatts and Ritchies war birlin roon tae the rant, the meenister craitur flang wide the yetts an gawpit in begeck at the merriment. Fur, as onyone kens, the kirk hauds nae truck wi pleisur, the mair sae on the Sabbath, fin dule maun descend ower the warld like the doon-blaw o seet frae a lum.

He banned them aa — man, wummin an bairn — that fur twal month, ilkie faimly wad plant een o their ane in the kirkyaird mools — aa bit Iain Dubh McHardy. Fur (as the meenister obsairved tae the beadle) he wisna shair bit fit the chief wis the Deil hissel in human form. Faith, Iain Dubh wad sneck the heids aff Gordons or aff ither bits o craiturs as easy's a scythe caas the taps frae thrissles. Efter ae set-tee, bein a trig kinno chiel, he raisse up, tap o their flauchter spaads, the heids o saxteen Gordons fa he'd relieved o life. "Fit wad a Gordon dae wi life onywye, bit jist misuse it!" quo he. Fin the time cam fur his ain kistin, he wis beeriet nearhaun the glebe at the tap o the Fiddler's Roadie.

E'en at his kistin, he'd bin kittlesome an quanter. Fur years, he'd keepit companie wi a quine frae Ben Tullich, Morag McIntosh, the fyle his lawfu wife, Kate McHardy, frettit an girned her lane, ahin the cauld waas o Martullich Castle, the marital hame.

Her tongue micht claik like the sheen o an auld naig clatterin ower the Timmer Briggie agin her man's ongauns — McHardy didna gee his ginger! His shelt wis mair aften spied tethered ootbye Morag's sheiling than iver it wis at his ain braw yett. Come time though, his dearie upped an dee'd, syne wis kistit in Martullich kirkyaird. Noo Kate McHardy wisna lang quit o her rival, fin Daith awned her anna. Bit, as Laird's wife, she wis streekit oot in the steen morgue ahin heich iron yetts in the chapel o Martullich Castle itsel, at the fit o Cnoc Tullich. If the loss o Morag McIntosh fair tuik the tap aff the Laird's milk, the daith o's wife syne soored the milk aathegither — fur, fin aa wis said an daen, she'd bin a richt guid hoosekeeper tae him!

Iain Dubh tcyauved awa a fyle his lane, killin the antrin Forbes or Gordon, or reivin a twa-three droves traivellin ower the stormy showder o Ben Tullich, bit his hairt wisna richt in o't. Breengin hame frae a tulzie ower a keg o fusky ae nicht bi Tom-na-Fuar, the auld warlord wis catchit in wintry smoor, weeted throwe, been-jeeled an drookit; syne dee'd in's bed o a hoast. At his wake, puckles o lassies grat sair ower him fur he wis as bonnie a corp as he'd bin a leevin chiel. Some grat ower fit hid passed atween them. Ithers grat ower fit hidna passed atween them. The Laird's loon, Sannie McHardy, wis a thochtie dumfoonert fit tae dae ower the kistin. Bi richts, his faither sud hae bin beeriet at the chapel wi his wedded wife. Bit Sannie kent fine his sire hid aye sought tae be beddit doon wi Morag McIntish in the kirkyaird, fit o Creag Boideach, at the tap eyn o the Fiddler's Roadie.

The meenister — an the vyce o duty forbye — bespakk that the chief sud be sneckit ahin the yetts o the morgue wi his wife. An sae twis daen. Twis a richt stammygaster syne fin, seevin days rinnin efter tither, the kist wis fand ootower the morgue. An mair! Fur seevin nichts rinnin, the fowk o clachan an castle gat nae sleep ava fur the girnin an soughin an keenin frae the unquate speerit o the deid laird.

"Shift him!" gurred Sannie McHardy throw gritted teeth. "Ma faither wis iver a din-raisin vratch. he maun ay hae the hinmaist wird in aathin. We'll nae hae a meenit's peace till his corp is flittit."

Quately noo he lies, his eirdly warssles ower, aa lust an luivin daen wi, in the derk, derk fauld o the grun. Pucklies fowk ower the years sweered they'd seen the ghaist o Iain Dubh, waulkin wi a lassie ower the braes o Ben Tullich. Mebbe they hid anna, an mebbe they hidna. Certain, the green girse o the kirk yaird happit him snod wi Morag McIntosh and he didna rise frae his nerra hoose tae deave fowk again.

Fower mile as the craw flees, frae the fite heichs o Ben Tullich, sooth-east o the clachan o Martullich, wis Rattray's craftie, Staniedykes, the ither side o Cnoc

Tullich, far twa auld brithers bedd in a tummle-doon steadin, lettin nowt gaze at wull ower their parks — an gey puir parks they war, fur Cnoc Tullich wis bare's a scrapit soo's behouchie, aa bit dauds o girse an nettles an toozles o thrissles. At the heid o Cnoc Tullich wis the steen circle o Tom-na-Tullich, biggit bi the early fowk as pairt o some lang-forgotten rite. The full meen raisse richt ower the mids o the circle like a muckle targ, glimmerin an strang an eildritch, its licht percin the heivens. Naebody gaed tae Tom-na-Tullich bi nicht, fur dule hung in the air atween yon roch, grey steens, the starns sae nearhaun ye'd think ye micht raxx up an sneck ain inno yer cleuk.

Aneth the stane circle, a hauf mile doon the brae, wis Martullich Castle, a weel-harled keep o the auld-farrant kin, three storeys heich, biggit ooto the roch steens frae the braes aroon, far the praisent laird, Lachlan McHardy, bedd wi his lady wife, Jean Grant, a clivver wummin, skeelie in pattren an shape, fa vrocht siller jewelry aifter the wye o the auld Celts. In the warld ootbye, fowk micht conseeder the gentry misbehawden, wi their lang bluidlines, bit in the Howe their wird yet wis laa.

Cnoc Tullich luikit ower the Dubh tae the braid, purple swatch o heath an thyme an peat fit wis the Muir o Dav. Langsyne, far the blaik sweet blaeberries teet, there wis aince a michty battle an the bluid o Forbes an Gordon, Farquharson an McHardy ran like rain doon the peat hags o the Muir. Naebody mynded fit the fecht wis aboot. Naebody kent fa'd won or fa'd lost. Bit aabody kent that hunners lay deid fur the corbies tae flichter an pyke ower an, lang efter, the heathers o the Muir war cramossie wi the bluid o the faaen men. Bees gyang hairstin ben yon purple rigs, an aidders bask at the foun o the banks o bracken, fit o the siller birks — siller birks wi their leaves, a linn o meevin green.

At the sooth eyn o the Muir o Dav, Clach na Deamhain, the Deil's Stane, raisse up, far his Imperial Coorseness flang it, aimin tae cripple Duncan Gillanders the warlock, fa'd failed tae wyle a local lass inno the coven. Doon frae Clach na Deamhain sprauchled the ruins o a Gordon keep — graun neebor fur the Deil's Stane. Langsyne, twis whispered, a Gordon warlord bedd yonner, fa drank the bluid o murdered McHardy littlins an roastit the verra hairts o them ower a spit, as a cheenge frae pertricks or veenison. The Deil's stane cockit up like a gangrel's pack, blaik an lowrin, glowrin ower the Dubh tae Allt-an-t-leine, the Burn o the Sark, the clearest, bonniest burn in the hale o the Howe.

Noo, the Burn o the Sark, or Allt-an-t-leine, as the lang-deid Glen fowk caaed it, hid a tale as queer as ony i the telling. A lang fyle back, fin the wolf fowk still bedd on Ben Tullich, Ewen McHardy, smith an swordmakar tae the chief o yon name, lowsed a fey frae a trap. The eildritch quine was sae gratefu, she tuik Ewen tae the Burn o the Sark an telt him that the watter there wis fu wi sainin pouer like nane ither. Gin he wis iver hurtit, he'd nae mair tae dae nur draw a sup watter frae the burnie an aa his sairs wad be mendit. As caller an clear a burnie it wis as ony in the northlands o Scotland — faith, the deer traivellet miles tae sup fae't, sae slocken an cweel war its watters.

Aa throwe his life, Ewen McHardy myndit the fey's wirds, an mony's the skelp wi claymore or aix he sained bi the aid o the watter. Bit mid-ben his prime, he merriet a young quine, a flichertie jaad fa seen scunnered teetin ower the bowster at yon auld, grey, grizzlet pow. Mair fule him, he tellt her the saicret o the Allt-an-t-leine burnie; an the young wife tholed her weird a fylie langer, kennin she'd the key tae lowse the yett frae life till daith. A wearisome warssle it wis anna, fur a hett-bluided lass tae pit by the rigg o ilkie nicht wi a shargeret auld bodach fa snored an snochered an dwaumed awa, aa the oors sud be keepit fur luvin.

Weel, ae day McHardy wis cairriet hame ower the back o's sheltie, a deep dirk thrust atween his ribs. "Rin tae the Burn o the Sark, wife," cries he, "fur a suppie sainin watter."

The young wife ran oot the hoose wi a coggie tae haud the watter — bit aince ootbye, she drappit doon in the bracken an sat awhile, watchin a wee, wee teuchit in the lift abune. Syne she dippit the coggie inno a steen troch an cairriet back the orra watter, makkin on tae bi pechin wi the trauchle o rinnin afar aff tae the Burn. Finiver she poored the wersh wheich ower her man's sair, he kent straicht aff the bizzim hid swickit him.

'Curse on ye, wummin,' he craiked, syne drappit back, deid. Hoosaeivir, his saicret spreed, that the watter wis unco sainin, an Donald Moir, the physeecian o Martullich, pit it in phials an sellt it tae towrists — wi a pedigree's lang as the Hoose o Stuart, an twinty time mair eesefae!

Donald Moir's bit hoosie stude atween the Burn o the Sark an Creag na Bogle, the last heich knowe on the east bit o the glen, wi his surgery biggit onno the gable eyn o his hame. Sae weel did yon guid chiel lue the knowes an howes o the glen that hauf o his leevin-room wis biggit o glaiss. Like an ivir-cheengin pictur wis yon mannie's leevin-room fur, far ithers wid hae a peintin, his landskip wis a daily sicht o the breets an fowk an birdies o Martullich itsel. Faith! His veesitors micht see a meevin tapestry o colour, keepin time wi the sweyin knock o the sizzens.

Creag na Bogle wis the physeecian's maist nearhaun neebor an on't lay Puir Meg Bisset's Loch, far a young quinie, faaen wi bairn, drooned hersel raither nur hae the affront o mitherin a bastard geet. Twis a deep tarn, nae bonnie, doon bi the ruined larach o Clachan Brae. Creag na Bogle wis an ill knowe fur weemin aa roon, fur at its tap Bessie Rannoch, maid till a McHardy chief, wis brunt at the stake as a witch an sorceress. The tale gyangs that the chief, in common wi maist o his forebears, wis a leddy's chiel. Fin her lord wis ower in Italy on business, the wife frettit, an syne socht oot her maid Bessie tae makk eese o her secunt sicht.

'Bessie,' she speired. 'Tell me fit ma man's daein ayont the seas.'

Bessie fulled a siller quaich wi the magic watter o the Allt-an-t-leine, an muttered a puckle cantrip wirds, learned frae the warlock, Duncan Gillanders. A thin, green rikk raisse up frae the watter an, throwe the mist, the maid cud spy the chief aboard a boatie, keepin company wi a lauchin Roman leddy. Roosed, the chief's wife ordered the maid tae curse the laird. Noo Bessie wis skeely in the Blaik Airt an wis keen forbye tae win her mistress's favour. Though she wisna fu sib tae the Deil, she wisna far frae't.

Sae Bessie fished in her pooch for an acorn cup an plunkit it inno the quaich. A storm bleezed up in the quaich an the wee cuppie bobbit an jinkit, jinkit an bobbit, till o a suddenty it gaed heelstergowdie, doon, doon, doon tae the verra foun o the vessel. Seen aifter, wird cam tae Martullich that the chief hid drooned on his road hame.

His widda wife, aside hersel wi guilt an wae, miscaaed the maid fur wirkin the Blaik Airt an Bessie Rannoch wis yarked ooto her chaumer tae bi brunt at the tap o Creag na Bogle as the Deil's Disciple. An on cauld, dreich nichts o storm, the auld fowk vowed they cud hear her skirlin as the tongues o dauncin flame birssled roon her queats.

Anely ae fairm stude on the knowe, the steadin o Easter Martullich, or Tullies, as maist fowk caaed it, fairmed by Tam Ewen an his sister Molly. Baith war lang-nebbit as the yowes they keepit, fu as hard-heidit in business an ither maitters as ony blaik-nebbed tup. The hinmaist knowe tae the wast o the Dubh, luikin ower tae Creag na Bogle, wis Tom na Pibroch — ye micht win ower tae yon knowe bi crossin the humfy brig ower the Dubh, or traivelin the Piper's Roadie that ran bi the Muster Cairn. The ghaist o a piper hauntit thon road, bit anely fin the hairst meen hung in the lift. He wis a McGregor frae Tom na Fuar, fa'd deed o sairs gotten at Culloden, though some said he'd drooned in the Linn puil on his wye hame frae a waddin. Bit naebody kent fur shair — anely that twis a lang, lang time syne, afore caurs, or TVs or phones hid fand their wye up the glens.

As fur the Muster Cairn itsel, twis a boorichie o roch steens far, in aulder times, fin the fiery cross ran roon Martullich, the warrior chiels each laid a steen afore settin aff tae fecht. Gin they war spared, on comin hame ower Tom na Pibroch, doon the Piper's Roadie, they wad each lift their ain steen an cairry it hame. In this wye war the steens o the Muster Cairn a memorial o them fa'd bin killt in clan wars.

Spite o its dreich mindins, the Muster Cairn bi the Piper's Roadie wis a bonnie airt, ringed aboot wi sweyin laricks, an bairnies lued tae play aroon it, nearhaun the Dubh itsel. Ayont the Cairn, the Glen o Martullich cam tae its close. The Dubh, swalled bi the burnies scalin an teemin frae the five knowes, cowpit doon the Linn o Dubh at the Linn Widdie, like the chairge o a herd o staigs, breengin forrit tae the thunner o a war cry. A fyle it bedd in the blaik pot at the fit o the Linn, like an auld weary cailleach winnin back her pech, syne tint itsel foriver in the pit-mirk watters o Loch an Dav, yon lair o the pike — thon cannibal fush wi the deid, deid een; the Druid's loch, far the Derk Gods bide sleepin, lichtsome, tae catch the glaikit an tryst them doon tae the foun o their glaury bield.

An thon's the ins an oots, the maik an marra, the thairms an beens an girssle, the neuks, the furliegorums, the whigmaleeries o the Howe o Martullich, far it lies like a muckle preen, haudin the faulds o a green an purple an gowden plaidie, a plaid wyvven o barley, an heather, an pine — the bonniest wyvven plaidie in the hale kintra o Scotland!

For
Excellence

LOCHGELLY

SIX OF THE BEST

The weighty file fell from the photo-copier and hit the vinyl floor of the editorial room with a sharp slap. The sound clicked on a vivid memory in the mind of the middle-aged Features Editor, Duncan Watson, a memory as clear as a scoop caught in the flash of an invasive press camera. In fast rewind, the years whipped backwards and he saw himself, a gangling ten year old, sitting second desk from the front, two rows along from the window, three flights of stairs up, in Room 32, the top stream class.

It was 1957, the drizzly, grizzly, overcast afternoon of a dreich November day — an afternoon of steamy windows and puddled playgrounds. It had begun quite normally, the wind-swept rows of pupils standing to attention in their lines outside the blue school doors, at the behest of the tinny trrrring which stretched like elastic until the janitor took his finger off the button. Even the occasional seagull, flapping disconsolate wings and slapping frogman feet over the playground in search of apple cores, crisp debris or half-eaten sandwiches, looked cold and miserable.

Mr Deans, the headmaster, superintended the incoming flow of pupils filing quietly and quickly along the many corridors of the school under the watchful gaze of vigilant teachers and dutiful monitors. Everyone, from the pimpliest pubescent twelve year old down to the chubbiest, gap-toothed, sticky-mouthed infant, was dressed in grey — grey socks, grey shirts, grey shorts, grey skirts, grey blouses, grey blazers. The clouds were grey, the uniform was grey and the school itself was of grey, grey granite. It was a school esteemed for the rock-solid enduring foundations it laid down — the very best of a Scottish education. The three R's were driven into the skulls of generations of Aberdonian children by means of rote, repetition and respect. Like a Highland regiment, from the most highly-decorated general to the very rawest of recruits, every member of St Nicholas' Primary was fiercely proud of the school and its traditions. A cabinet filled with cups, trophies and medals testified to its excellence in sport and academic achievement alike.

Discipline was kept by means of the tawse, the slit-tongued leather strap each teacher kept in his or her desk next to the blue register book and the dusty chalk box. But it was a fair discipline: the scales of justice were evenly balanced. Punishment was short and, once administered, the slate was wiped clean. The offender stepped back into the regiment of pupils, cleansed and redeemed, with no ignominy attaching to his name like trodden gum to a shoe.

The morning period began uneventfully. Duncan's class teacher, Miss Mellers, called out the individual names and ticked them off with short, even ticks, as regular as a metronome's clicks.

"Nigel Baxter?"

85

"Here, Miss Mellers."

"Daisy Donaldson?"

"Here, Miss Mellers."

"Charlie Ewen?"

"Present, Miss Mellers."

Then Jimmy Barnes struggled in late. Jimmy sat in the fourth division, the poorest row in the class, the intellectually challenged brigade. He was a small, scruffy child with scabby knees and a toothsome grin.

"Why are you late?" Miss Mellers asked in not unkindly tones, aware of his interesting circumstances. His mother had run off with a visiting circus lion tamer, His father was spending time in the local prison, and his grandmother, who did her best to turn him out for school, was old, arthritic and fond of a glass or two of Guinness.

"Granny slept in, Miss. Sorry, Miss," came the sheepish reply.

"And I suppose you slept in too?" Miss Mellers retaliated.

"Aye."

There was a gasp of incredulous disbelief from Nancy Davidson, the girl who shared Duncan's desk. Nancy was new to the class. In any other classroom in St Nicholas' Primary — indeed, in any other classroom in Aberdeen or in Grampian, or in Scotland for that matter — to say "Aye" to a teacher, in the renegade Scots tongue of the fields, factories or streets, would have earned a swift smack or a sarcastic tongue-lashing or even a lick of the tawse.

But Miss Mellers was unconventional; might even, indeed, have been a Scot herself. Her pupils were allowed to say "Aye" — a daring, innovative indulgence. They listened to Scottish radio plays on the history of their land: the beheading of Queen Mary, the battle of Flodden, the bloodbath of Culloden. If the class was exceptionally good, it was treated to a Wee Macgregor story on Friday afternoon at three, just before the bell released the pupils to marbles, football or jacks.

Once Jimmy Bruce was seated, monitors marched out for books and handed these out. Each pupil wrote down twenty spelling words and chose ten to make sentences with. Then each child set down the answers to twenty mental arithmetic problems. For forty minutes thereafter, the whole class chewed and sucked at its pencils, struggling to complete the set exercises from the prescribed books in the allotted time. Row one of the class comprised the high achievers — the top grade pupils, the swots, the brainy bunch. Row two contained the plodders, the mediocrities, the average. Row three was made up of confused, nervous, lazy or frankly dull children who blotted their books and wet their pants and had dark rings under their eyes . . .

It was probably the weather, varying that day from puddle-piddling rain to a dry but dank and general greyness, that lay behind the disappearance of Muriel Birchall's musical box. Had the weather been fine, the school doors would have been shut against all comers and Graham Patterson would not have come sneaking into the classroom and stolen the wretched thing. Children were expected to stay outside, unless it literally poured. The toilets, set down steps, flooded then, and they were sent home for a half day! After the break, as the children who had braved the dismal November winds streamed back into their classrooms, Muriel discovered her loss. She had taken the musical box in to show Miss Mellers during the ten minute slot for "Class News". For several frantic minutes, she burrowed in the depths of her leather satchel, like a demented rabbit tunnelling to escape from a ferret. Then, with a wail of bereavement, she thrust her hand upwards.

"Yes, Muriel?" Miss Mellers inquired. She was counting the milk bottles returned by the monitors and was listening with only half an ear.

Muriel gave a sob and a small hammock of phlegm swung down from her left nostril and remained there like a suspended bungee jumper. "Someone's st—st—stolen my mu—mu—musical box," she stammered whimperingly. "The new musical box I took for the Class News. If I don't get it back, my Daddy'll phone the police."

At the mention of police, Miss Mellers nearly dropped the milk bottle she was holding. The name of St Nicholas' Primary had no criminal connotations. It simply wasn't that kind of school, nor that sort of area. But no one, not a single child, would admit to stealing Muriel's musical box — nor had anyone witnessed anything suspicious at all.

"Class, take out your Dictation book! Tommy Ross, run to Mr Deans' study and ask him to come as soon as he's free." Miss Mellers then proceeded to dictate a passage from Sir Walter Scott, pacing up and down like a sentry along and around the rows of writing children. Duncan enjoyed Dictation. He loved the safe tramlines of the ruled page that kept his clumsy letters under control. He loved the way that the black ink flowed from the pen's nib like a pirate's banner.

"Is there the man with soul so dead, Who never to himself has said, 'This is my own, my native land'?" she recited at dictation speed, in her soft, hypnotic burr, as her class wove threads of speech over the acres of creamy vellum.

Graham Patterson sat in the fourth division, two seats away from Duncan Watson. He was one of the least academic ones — a no-hoper. Miss Mellers' voice stopped as she reached his desk, as if snipped off by a scissors. The children's pens paused in mid-air, waiting for the flow to continue.

"I see we've found our thief," she stated, staring at the tell-tale bulge in Graham Patterson's rucksack. The miserable child hadn't even had the sense to conceal his crime. As if on cue, the headmaster knocked and entered at the same moment.

"Problem, Miss Mellers?" he inquired.

"A thief, Mr Deans," she replied, nodding in Graham's direction.

"Out here, Patterson. Now!" called the headmaster imperiously.

"Caught! Caught red-handed," he remarked. "At least you will be red-handed

87

when you've had six of the best."

It was a small, cruel joke. The class tittered nervously, like a flutter of grey sparrows in fear of a tall heron. Mr Deans looked remarkably like a heron, down to the grey tufts of hair, the sharp beak of a nose and the long, trousered legs that raised him up at full stretch to six feet two and a half inches in height.

The boy shuffled forward, a curious mixture of dejection and insolence. He stank of dried-in pee, damp socks and misery. A dazzled magpie, he had seen Muriel Birchall's gaudy little musical box — had seen it, wanted it and taken it, with no thought of consequences, detection or retribution.

"I will not tolerate stealing at St Nicholas' Primary." The words were measured, like grocer's metal weights. "We have our reputation in the community to consider. The pupils from this school are honest. They do not steal! You admit you stole the box?"

The child nodded, his face as blank as an unwashed sphinx.

"Right. Hold your hand out," the headmaster commanded. The class was as silent as an open grave, sharing in the infinitely deep hush that precedes a hanging or a flogging. From his inner jacket pocket, Mr Deans drew out the tawse with deliberate slowness, like a soldier unsheathing a sword. He adjusted his posture, his right leg slightly behind his body so that the downswing of the leather belt would not strike him on the knee. Graham lifted his head up cockily to start with, in sullen defiance — the hard man stance. If the tawse struck wrongly, it could raise an ugly weal across the wrist instead of the palm. And then the headmaster would be for it! Graham's ma would see to that.

Slap came the thwack of leather on bare skin. The first stroke. The boy winced but stood firm. Duncan Watson's earliest acquaintance with punishment had arisen when he had lied as a toddler about washing his hands before tea. His grandmother had caught him out in the untruth. His nails, ten slivers of ebony, had betrayed him. That night, when he had gone for his customary cuddle, she had pushed him roughly away.

"Ye're nae granny's loon onymair. Granny disna like loons that tell lees," the old woman had reproved him. It was as if the sun had been eclipsed by perpetual winter, that withdrawal of her affection. Life without the physical warmth of her hugs would be very bleak indeed. He had never omitted to wash his hands before tea again.

Slap. The second smack of the tawse on the upturned hand. The boy Patterson frowned but did not flinch, though his flesh was throbbing now. A spectator sitting in silent horror, Duncan reflected that his father never resorted to physical punishment. His father's anger was punishment enough, he thought as he ruefully recalled last night's struggle with decimal fractions. Duncan loved words, loved pictures — but figures and sums were as threatening to him as a swarm of angry bees. A long division sum was like a pulsating anthill: things happened inside it, he knew, but he had no idea why, or how, or when.

"Fit div ye mean, ye dinna unnerstaun? God, Duncan, ony gype can coont.

Ye're nae tryin. Dae yon sum again. Ye'll nae win oot yon door till ye get it richt," his father had thundered, with the rage and menace of a summer storm. The numbers had danced before the child's eyes as he strove to subdue salty tears of frustration and bewilderment. Seeing that, his father's anger had dispersed as quickly as it had formed.

"Ach weel, laddie, ye canna be guid at aathin," he had said, softening. "The teacher'll likely gyang ower it wi ye the morn."

Slap. The third whack of the tawse sliced over Graham Patterson's palm. This time he bit his lip and his face visibly whitened.

Mrs Watson, Duncan's mum, neither raged nor rejected. She simply ignored, as she had done when Duncan had carelessly broken her mirror. He had removed it from her handbag, without asking, in order to use it as a periscope and had dropped it on the ground. His mother's fury had been cold as a Polar blizzard.

"Duncan did it," his sister tittle-tattled.

"I despise fowk fa powk in ma personal belongings," she'd said icily. For half a day, Duncan simply disappeared from the family map. Ceased to exist. Became a nobody . . .

Slap. The fourth spank of leather on flesh. A red, raw weal ran diagonally across the culprit's hand. Graham was swallowing hard, whether to choke back a sob or a scream. no one could tell.

Mrs Dunn in Primary 2 had been the first woman to hit Duncan. He had been chattering to his friend Jimmy Ross, noisy as a cricket, and had not heard the teacher twice order him to be quiet. She had pulled down his short grey trousers, had bent him over her knee and had smacked him thrice on his bare bum. "Maybe now you'll be quiet," she'd trumpeted. He had been so shocked that he hadn't uttered another word for the whole afternoon.

Slap. The fifth crack on the hand fell from the pitiless tawse. Graham Patterson began to shake, like a house cracking under the tremors of an earthquake.

Mr Evans, in Primary 5, hadn't believed in corporal punishment. He had preferred lines and, one hot sticky summer's day, had made Duncan write out two hundred times, I must not fight in the playground. Two hundred times over! Duncan had completed the task with cramped fingers, resentful that Mr Evans had interfered in a private battle which was none of his concern. Neil Anderson had pinched Duncan's football and had deserved to be battered.

Slap. At the sixth wallop, Graham yelped like a struck cur and one tear spilled between his eyelashes to course a tarry path down his grimy cheek.

Three times before, Duncan had stood where Graham Patterson was standing now — but never for stealing. Duncan had been belted for untidy work, for fidgeting in class and for lateness. He had glared balefully at Miss Mellers on the last occasion.

"Now, Duncan, don't glower like that. It's nothing personal. You've got to learn to accept punishment, to follow rules," she'd said, smiling. Smiling! But he'd sensed there was nothing vicious or vindictive in her actions. It was a sore justice, but swift and fair. And then, he had passed his qualifying exam at eleven plus. The chrysalis had changed to a butterfly. He had moved from St Nicholas' Primary, with its grey railings and golden trophies, to Bon Accord Grammar School with its proud motto of By Erudition and Chivalry. On his school badge, an armoured knight knelt, bearing a lance — presumably crusading against ignorance and apathy..

Duncan had been one week in the place when he realised he was very much the thistle in the cabbage patch. Miss Mellers had cushioned her Scots-speaking pupils against the barbs of gentility. At Bon Accord Grammar, however, the only Scots in evidence was a bust of Robert Burns (incongruously perched on a plinth outside the girls' toilets) and the janitor, whom most of the well-heeled young ladies and gentlemen treated like the village idiot, confusing language with literacy.

"Any of your family attended Bon Accord Grammar before?" asked his form teacher, performing the customary initiation rites.

"No," replied Duncan innocently.

"Well, it doesn't matter which House you're allocated to in that case," she muttered. Then, as an afterthought, she remarked, "Your father wouldn't be Adam Watson the ship owner, would he?"

"No," said Duncan helpfully, "he's George Watson the lorry driver."

The teacher glanced at him sharply for signs of insolence. Dear God, there were none. His father was a lorry driver. The school was sinking like the Titanic since it had lost its private status. Anyone could wear the badge of the kneeling knight now. The sluice gates of vulgarity had opened with a vengeance.

After the swirl and confusion of registration, Duncan quickly realised that, in the rigid strata of the Bon Accord Grammar class system, he was assigned to the lowest level. In India, he would have been a harijan, an untouchable. He was Scots, plebian and lacking a single F.P. in his family. Indeed, his family were countrified nobodies from nowhere — hicks from the sticks as one trendy female pupil put it. He was a tin mug in a cabinet of porcelain, a mongrel unleashed at Crufts, a scone amongst patisserie.

His class roll read like an audition for Who's Who. There were Ian and Tom, sons of Professor Niall Dalhousie, the eminent physicist. There was Anthea, daughter of Mr Bruce, top surgeon at the local hospital. And there was Janice Meiklewell, whose father was minister at St Colum's, in the heart of the plush West End. And then there was John Prockter, whose father was a Sheriff, not of Nottingham as Duncan had naively supposed, but of Aberdeen District Court.

On the very first week of the first term, Miss Prosser, his new English teacher, had set the pupils the task of writing a short poem on the subject of water, to be completed in their study period and to be handed in at the next English lesson after break. The pupils shuffled out, dispersing along the corridor to the warm cocoon of the library, there to incubate their thoughts on water. John Prockter, the Sheriff's son, tagged along behind. From snatches of pupil gossip, blowing like scraps of grubby paper in the windy playground, Duncan had learned that John's father, Sheriff Martin Prockter, had high hopes for his son. Not that that was unusual: every Bon Accord Grammar parent had great expectations for their offspring — but the Sheriff's were particularly and punitively high.

John Prockter was a pale, nervous, anxious boy. He had few friends and little time for socialising, given his father's ambitious standards. Feeling a twinge of pity, Duncan sat beside him in the school library . . . But then, shutting his eyes to obliterate the formal academic furnishings and the high, dusty windows where the sun struggled against the grime to win through, Duncan released his thoughts one by one, like caged birds winging far, far away from the constraints and rules of Bon Accord Grammar. One by one, his fancies sped sunnily as larks towards the Linn of Muick, which his teuchter family visited lovingly and often, like pilgrims seeking blessing and renewal.

Seated at Duncan's side, John Prockter closed his eyes too but his thoughts did not soar. All he could see was his father's frowning face, urging him on, goading him — forcing him to do better and better . . . to excel, to excel, to excel. It was a damned soppy subject, poetry, John decided. What the hell did he know about water? You washed in it; you drank it; you watered the flowers with it: end of story. Meanwhile, Duncan's pen flew over the page as if it had wings. John — desperate, cornered, foxed — did the only thing left open to him. He copied.

Next English period, the books were handed in, bearing their freight of water poems. Miss Prosser set the class to read an extract from Macbeth as she marked the work. It was a small class of twenty and the poems were short - Haiku style. The marking did not take long.

Duncan did not care for the character of Macbeth. A weak man, driven to betrayal by a ruthless, ambitious wife, he had given hospitality to an unsuspecting king and had murdered him in cold blood. Macbeth was a traitor: he had killed trust. It was a strange, brooding, powerful play, shot through with lies, scapegoats, deceits and sacrificial victims . . .

"Duncan Watson! John Prockter! Please stand."

Miss Prosser spat the words out like a small, compact, deadly cobra. The two boys' chairs screeched back as they stood up — the sound like a teacher's nail when it broke on a blackboard. They stood to attention, erect as guards, side by side. Miss Prosser glided nearer like a war canoe. Though she was old (very old it seemed to Duncan) and her voice creaked like a hinged, rusty gate, she was light on her feet. Close up, her face was a mask of powder, scaling and flaking like the dust from a Pharaoh's wrappings. Round her scraggy throat was a twisted string of pearls, drowned stones from a sour seabed. Her lipstick was a red smear, a gash of crimson on the thin, tight mouth with its cracks and crevices. Her pale, bleary, grey, watery eyes peered up at him, two pinpoints of malice.

"If there is one thing that the world despises," she hissed softly, ever so softly — who could think such softness could burn and scourge and scar so thoroughly and so well? — "If there is one thing the world despises," she repeated, driving home the point, "that thing is a cheat. A cheat, class, is no better than a common pickpocket. To steal another's work is vile, is low, is contemptible!"

Oh, how she lingered before delivering each adjective, savouring its effect, aiming for the bullseye, like a marksman. Oh, how she worked the class, evoking their contempt, their revulsion for wrongdoers! Though the words, like an unaddressed letter, could have been aimed at either boy, her eyes, her demeanour, were fixed upon Duncan. He felt like a crow impaled upon a cross, a bumpkin locked in the stocks.

Lifting his jotter (his jotter, not Prockter's) between her fingers as if it were a vile, dead thing, she read with feigned theatricality to the class as if declaiming in a Greek tragedy:

I am the salmon's road;
I am the moon's mirror;
I am the mill's goad;
I am the lake's shimmer.

The words echoed mockingly around the room. In Duncan's head, they had danced like flames. In her mouth, they were turned to ash.

"Very good, gentlemen," she sneered. "Very, very good — if they had been your own! One of you is a cheat and a liar and a thief."

The words were corrosive as acid. Trembling with indignation, silenced by the childish code that forbade a pupil to bear tales, Duncan stared down at the two jotters, where his teacher had flung them. His poem had four red scores, like scratches, four angry red lines across it. John Prockter's copy, however, was unmarked.

He clenched his fists till the knuckles whitened, swaying slightly with the effort of subduing his rage.

"Have you something you wish to share with us, Mr Watson?" the teacher asked, with practised cruelty and pretended civility.

"It's not fair," was all he could blurt out. It would have been far, far better if he had remained silent.

"Unfair?" she hissed silkily. "Unfair?" The words hung in the air. Miss Prosser was enjoying her role — judge, jury and executioner. A child in a Scottish school had no defence, no one to argue on his behalf. He was totally at the mercy of an autocratic justice, meted out by his condemner and tormentor.

She was looking straight at him, standing so close he could smell the stale perfume and the faint, sour tang of nicotine. "You haven't got it in you to write like that. I know these things. I have a teacher's instincts in such matters. I have taught at this school for forty years. I am never wrong."

Turning on her heel, she dismissed the incident, gesturing at the two boys to sit down.

"Tom and Ian Dalhousie; Anthea Bruce; Janice Meiklewell; Julie and Samantha Smith-Reeves: I would like you all to stand and read your little poems for the edification of your fellow-pupils. Six of the very best!" she pronounced. "And all their own work too," she added curtly, glaring at Duncan.

That night, Mr Watson found his son engaged in stabbing the badge of the kneeling knight with his school compasses, over and over again. There was much venom, much anguish in the onslaught. Duncan's father laid a restraining hand on his shoulder.

"It's jist a bit cloot, loon. Fitiver's wrang?"

And so it all came tumbling out, like boiling lava — the day's degradations and disillusionment. His father listened solemnly.

"If I wis you," he said. "If I wis you, I'd show yon coorse auld bizzim I could write. I'd show her! I'd show the hale jing-bang o them an their funcy schuil, that an ordinar loon can be byordinar! That's fit I'd dae if I wis in your sheen."

And over the years, Duncan had done just that. Every accolade, every glittering prize, every nomination for best journalist of the year, he'd owed to Bon Accord Grammar. Because every prize was a reproach to Miss Prosser — a two-fingered gesture towards a phantom. She'd been long dead and buried, communing with the worms, beyond human reproach for years..

Jenny Robertson, his personal secretary, picked up the fallen file and sighed. "You work far too hard, Mr Watson," she told him. "Winning prizes, being the best, isn't everything, you know. Little point in being an ace reporter if you can't enjoy the rewards. You should get out more with your friends . . . Anyone would think you'd something to prove . . . These articles for example. What's the underlying theme?"

"Six of the best," muttered Duncan. "Six of the very best." But his mind was far away, fixed upon the figure of a kneeling knight superimposed upon the noble motto: By Erudition and Chivalry.

THE GIFT

The two turtle doves, billing and cooing on the steps of the Royal Academy of Art, might have caused him to buy it. They had drawn back the thin membrane of memory from an old woodcut of the Sun King's Dovecote at Versailles, that symbol of Louis' patronage, wealth and power, a palace rich in sexual treasures and artistic rarities — everything that Bill Sangster, Edinburgh bank clerk, father of Mary Jane, aged two, and husband of Dorothy, was not. Or, and this might have been the likelier prospect, he had drunk rather too deeply of the cup that cheers in the wee Edinburgh wine bar with his colleagues. A heady mix of Festival hype, cheap Beaujolais and the urge to impress had momentarily robbed him of all commonsense and control. The line of paintings had been strung erratically along the railings of Princes Street Gardens, explosive daubs of oil, nit-picking miniatures, seascapes, still lifes and nudes, all begging prospective buyers to stop and release them from the callous stare of the street into the warmth and appreciation of some centrally-heated semi-detached bungalow, or small flat up a claustrophobic close.

The agent selling the pictures was dressed in the uniform of an ageing hippy, with obligatory dreadlocks and beads, Oxfam combat jacket and Jesus sandals.

"And are you going to patronise the Arts this bonnie Festival dinnertime?" his friend Rob lisped, six pints in the wind. "Or is your pay destined for the delightful Dorothy and the weekly trip to Safeway?"

"Ay, Bill," cut in Rob's friend, another bachelor, "you're aye saying how important culture is. Let's see you prove it — if you've got the balls."

The turtle doves cooed and turned to fix Bill Sangster, impale him almost, with their beady bird eyes. Put on the spot, he had blustered, stalled, vacillated like an indecisive leaf fluttering in the wind that breezed down from the Gallery. But the agent toppled his misgivings to the ground.

"I can see you're a connoisseur, sir. You've got your eye on that Eastern temple, there in the corner. Painted in Kashmir, that was, by John Gellatly, on his retreat to India in the sixties. One of the Edinburgh Five — but who am I to tell you, sir, when you obviously ken that, as one of the cultural élite of our fair capital. A bargain. A snip at sixty pound! A giveaway!

Sixty pounds! The whole week's housekeeping — and Dorothy would be waiting, already angry at his dinner burned, and the bairn runny-nosed and girny.

"Ah, ye're no feart at the wife, are ye?" his friend Rob sneered. "Is it her wears the breeks in your hoose?"

It had been a long, hard day. Snapped at by management, belittled by big-bucks customers — the line had to be drawn somewhere. Somewhere, he had to be boss, be in control. It was his money. He'd earned it; he'd bloody well spend it, any way that he liked.

"I'll have it," he said.

"At sixty pounds, it's a gift," reiterated the agent smugly.

He had gone home to a blazing row. To tears, anger, guilt. The strange, green temple, set in deep luxuriant jungle, with its enigmatic idol squatting in the midst of the frame, had been not so much a gift as a symbol — a perpetual marker of his selfishness, his weak man's need to dominate; a constant reminder to his wife Dorothy of her subordinate status as wife. He intended it as a pièce de résistance, the jewel above the hearth, a friendly, arty, Eastern talking point. In effect, it was an open sore in his precarious relationship with his wife. After one week, it was relegated to the dusty recesses of the loft, alongside the chess set with two pawns missing, cuts of carpet and the ends of wallpaper rolls.

Some time after their divorce, Dorothy, who had remained in possession of the property when Bill moved out and on to a small rented flat, hunted out the Eastern masterpiece and wrapped it up in celebratory paper for a young couple along the street about to embark on the perilous voyage of matrimony.

"I can only hope," she said, smiling winsomely with one hand tightly wrapped around the reins of her restive bairn, "that it brings as much pleasure to you as it did to Bill and I'. The recipients accepted the gift with deep gratitude.

Dorothy had never much cared for the young couple along the street, though it was un-neighbourly to admit it. They had a small, yapping dog, a Yorkie, an over-sized rat with a pink bow in its hair, that persistently and with obvious relish pee-ed on her hydrangea every morning. The fact that the hydrangea seemed to thrive on this was quite immaterial. There was a principle at stake.

And so the Eastern idol came to rest in the living room of Betty and Seamus McToole, directly above their fireplace.

"I've aye wanted something to cover yon damp patch," said Betty McToole to her new spouse. "And it's quite bonnie," she concluded, wrinkling up her small pug nose. Betty was a dabbler in the creative process, an enthusiastic amateur, an evening-class watercolourist who slung her Rennie Mackintosh earrings through the pierced lobes of her ears every Thursday evening to impress her fellow daubers and scratchers who writhed and sighed behind their easels, tussling with the rigours of capturing the likeness of a clump of dried chrysanthemums on paper or canvas. Initially. she had considered signing up for flower arranging, or conversational Gaelic, but the Art class was more Bohemian, and cultural forbye. After all, Prince Charles was a watercolourist himself. And you met such interesting people in the Art class. And it smelt so — so arty — rich with linseed oil and turpentine. And it was so physically exciting too, the act of squeezing out those bright, wriggling worms of colour. The effect of smearing them on the white unbleached page was akin to making an excretory statement. It was an echo of childhood. It was, in short, enjoyable. Not that she thought overmuch about this latest wedding gift, other than that it was bonnie, by which she meant that it did not disturb her sensibilities, and quite matched the curtains.

The wedding gift of the enigmatic Eastern idol within its temple amid the blues and greens of Kashmir, settled in for eighteen months, as a muted note in the minuet that was the McToole décor, until Seamus, who had friends in the building trade, acquired one day a quantity of terracotta paint and several rolls of coloured wallpaper left over from a major Council contract. Off-cuts of oatmeal carpet also came his way. The little Eastern idol's solitary tone now clashed with the overall composition. Like an elephant in a coracle, it rocked the boat. Fortunately, Seamus worked in the out-patient department of the local hospital, from where Mr Joachim Benetton, the visiting ear, nose and throat specialist, was due to retire. A collection had gone round the staff but a pitifully small sum had been scraped together. Mr Joachim Benetton was a scholarly man, reserved and anxious, who towered above the nurses and porters like a tentative crane. He lived alone with his cat, Jeeves, and an assortment of antiques. Clocks of every description covered the surfaces of his bachelor flat, where they perpetually clicked and ticked; whined, and chirped; and clanged, bonged and clacked, like a confederation of busy sparrows perched in the mahogany branches of his furniture.

"There's hardly enough money here to buy a card, let alone a present," said Seumas McToole in dismay.

"But Mr Benetton simply isn't a people person," rejoined a plump but attractive little nurse from behind a clipboard. "He's a cold fish altogether."

Now Seamus was a kind-hearted young fellow and had some affection for Mr Benetton, aware that his reserved and distant air was both moat and portcullis for a chronic and socially disabling shyness. The little Eastern idol had by now positively overstayed its welcome in the McToole living room: it would, Seamus decided, do very nicely indeed as a retirement present for the solitary consultant. Accordingly, at a small gathering in the sluice room the following Friday, the small green painting passed hands yet again, entering into the very private world of a retiring and retired medical gentleman. There it sat for some seven years, in warmth and luxury, between the metronomical ticking of an elegantly baroque timepiece on the sideboard and the dull, bumbling tock of a large but stylish grandfather clock.

Every moment that Mr Joachim Benetton looked up from his books and papers, his eye fell upon the painting and a sense of mellow gratification flooded his heart. No one, in all his sixty-five years, had ever given him a gift before — a real gift, that is; something chosen expressly for him, with his own especial taste in mind, to provide him with lasting enjoyment. He had not realised how caring his staff and colleagues at the hospital really were, nor in what high esteem he had been held by them. Probably it had been chosen by that plump, pretty Asiatic nurse who used to smile so nicely.

Often, of an evening, the picture seemed to draw his gaze just as the nurse's smile had done and he would stare soulfully into its oriental depths. Eastern religions had long fascinated him. His grandfather had been an administrative sahib with the East India Company in the heyday of the Raj and in a strange way the painting formed a link with his forebears, a silken skein of continuity, a thrum from the warp and woof of family history — umbilical, philosophical, spiritual. Had the little plump nurse searched for a thousand years to find a pearl of similar price, she would never have succeeded, he mused contentedly.

The charlady, Mrs Euphemia Buchan, found him one Saturday morning, staring up at the little Eastern idol, stone dead in his favourite armchair. His friend and executor, Donald Cheyne, of Smail and Cheyne, solicitors and notaries public, was called in soon after the undertakers and the painting was uplifted by Messrs De Brun and Dawson, antique dealers and fine art specialists, at whose premises it took up its place within a niche between a marble bust of Napoleon and a Chinese dragon in jade with ferocious teeth and extremely long, curved toenails. There it remained for several months while, on wet and windy days, rain-bespattered old ladies would huddle in the doorway peering into the shop where their glance brushed, light as a duster, across the painting of the idol, to settle more firmly on the potent head of the marble Napoleon. Even in death, the Emperor appealed to the Josephine spirits that yet pulsed within those frail, arthritic old ladies, whose dry wombs stirred at the prospect of a single night of passion with that doyen of strategic manoeuvre and territorial conquest. Occasionally a hippy, lobotomized by hash, would wander inside and run bejewelled fingers around the frame of the Kashmir picture before passing on and out into the grime and bustle of the busy pavements.

One fine spring morning, however, on a day filled with thrush song and dew drops, the painting was purchased by Mr Edom Meikleworth, managing director of a large and lustrous old-established family firm, to add to his personal Aladdin's cave of goodies. The picture was valued, restored and rehung; exalted to a prime position in his study. It now wore a delicate tiara of light from an unobtrusive electric beam positioned to set it off to perfect advantage. Everything that Mr Edom owned was priced, docketed, catalogued and insured. He knew the value of each item down to the last penny and adjusted his security measures accordingly. Art, for Mr Edom Meikleworth, was all about investment, about profit and about ownership - like gold bullion, or Rolex watches or the purring Mercedes limousines, black and shiny as panthers, that glided in and out of the Edinburgh traffic, leaving all competitors standing at the merest touch of the accelerator.

The Eastern idol picture was item number 114 on his inventory of valuables, a conversation piece to show off to visiting clients and to impress select guests. Mr Edom had been on a tour of India some years back, no expense spared, and the painting was the perfect excuse to refer to his Indian excursion — the key to unlock a whole treasury of reminiscences to which guests and clients alike might respond with appropriately deferential murmurs of appreciative awe. There was Mr Edom Meikleworth's visit to the Taj Mahal, his trip to the Ganges, his tiger-spotting safari and the episode when an enormous cobra had almost despatched his native guide.

When, precipitately and disconcertingly, the Meikleworth empire crashed at the very apogee of its trading power, the picture of the little Eastern idol was labelled lot number 32 and exposed for auction like some Hereford bull or breeding ram, and subsequently found itself resting in the boot of a car belonging to Mr Chang Zhu, acupuncturist, and destined as a wedding anniversary present for his Scots wife, Mary, to hang beside her collection of ceramic curios and bric-à-brac which adorned the long passageway leading from the bedrooms to the dining area of the couple's gracious New Town flat.

Finding the painting somewhat at odds, in terms of taste, with the porcelain adornments of the passage, Mary Fong carried the gift into her infant son's small bedroom, where its blue-green tints seemed appropriately spiritual and tranquil. Traditionally, blue was a male colour. The cloudless sky above and the green vegetation surrounding the little idol in its temple were calmly uplifting and Ben, who was a nervous, fidgety child, was certain, Mary thought, to be soothed by the colours. Perhaps, she reflected, he sensed the tensions created in her dour presbyterian mother and father, when they glanced at Ben's olive skin and mop of straight black hair and perceptibly hesitated before pursing their thin, dry lips to kiss the top of his head, like two old hens pecking corn from a stone yard.

To Mary Fong, the picture was a symbol, an icon, an emblazoned banner of peace and serenity and quietude. Two nights after the new acquisition to his bedroom, however, little Ben wet the bed. And after a fortnight of soaking mattresses and sodden duvets, Mrs Fong took her husband aside. "Dr Baxter's tested Ben and it's not an infection," she confided. "He says it's probably something psychological. He said we should have a quiet word with him to see if there's problems at school. Maybe he's being bullied because...".

"...because he's half Chinese?" her husband completed the sentence with a sigh. As an adult, he had grown accustomed to discrimination, both overt and covert. But little Ben was just at the start of the unpredictable journey of life. It saddened him to think that he could not shield his small son from such unpleasantness, like a Samurai fending off bandits.

As Ben was being tucked up with his fluffy panda, Poo-Lang, Mr Fong drew up a low chair and held his son's small hand. Ben Fong drew his free thumb into his mouth and commenced to suck it thoughtfully.

"Now, we know things have been happening recently that don't usually happen," his father began awkwardly.

"Peeing the bed?" responded Ben helpfully.

"Yes, yes," said his father. "But that's not what I want to talk about. Is there anything bothering you at school? Has anybody been bad to you? Because if they have...".

"It's the picture, Dad," Ben blurted out. "It watches me. It's like it's looking at me all the time. It makes me dream bad dreams, dreams of snakes creeping under the bed, and tigers hiding behind the cupboard. I hate it. Please, please ask Mum to take it away."

Mr Fong was astonished by the depth of his son's reaction to what after all was a mere picture. Obviously Ben was even more sensitive than either Mr Fong or his wife had realised. And clearly he had an abnormally active imagination. He lifted the painting from its hook there and then, retreating with it to the living room.

Mary was decidedly reluctant to part with the anniversary present. Her husband had spent good money on it and simply to throw it out would be pure waste - and waste, as her presbyterian parents had instilled into her, was a sin. "I'll glue that acupuncture diagram over the painting", she decided. After all, it's an expensive frame and it'd be criminal not to have the good of it".

The glue dried quickly. The picture was now hung in the lobby - a new location where an inquisitive wolf spider had trekked across its cord within the first hour of its repositioning. All was well till Ben awoke up next morning to discover that the dreaded picture had merely crept out of his bedroom and that he would have to pass its stare two or three times a day. He stood on his bare feet in the hallway and screamed, and screamed, and screamed.

His father rushed out of his study to see what was causing the uproar.

"It's there! It's there! It's still there!" sobbed the child. "You promised you'd send it away but it's still hiding there, just hiding behind that poster".

"Really, Ben," sighed his mother in exasperation. But she recognised that her son's terror was more than a match for her sense of thrift. "All right. We'll hand it in to that Charity shop at the corner, on the way to school".

The bric-à-brac shop smelt musty. It was a repository for decades of down-at-heel shoes and out-dated fashions; of hideous lampshades and refugee ashtrays; of emigrée wine baskets and unwanted Christmas presents: a home for the unlovely and the unloved, one step away from the Council skip or wheelie-bin. The acupuncture poster, in its elegant silver frame, sat there for five weeks, leaning against a pile of old vinyl records and chipped saucepans.

Late one afternoon, just as the elderly charity worker was tidying away her knitting, Tom Bingham, a young Art student entered the shop and began to peer and prod amongst the miscellaneous ware, like a dog sniffing through rubbish for a titbit. At the sight of the silver frame, his eyes glowed. For weeks now, he had been working zealously on a nude painting of his sister, Thora. He had never wished any other life than that of an artist. Image, and the capturing of image, symbol and pattern, colour and line rhythms, were very dear to him - obsessively so. It was all the more frustrating, therefore, that he found it so hard, so very, very hard, to translate, to transmit on to the canvas, those visions that he carried so vividly inside his head, almost like Biblical scrolls secreted in the depths of an inner tabernacle.

That frame, now, was ideal: would set off the nearly completed work to perfection. He paid the few pence that the old woman asked and raced back to his lodgings through darkening, half-empty streets.

Up the tenement stairs he went, three steps at a time, a young man with a young man's impatience. Fumbling with his key at the lock, for the frame was large, sharp-edged and awkward, he finally found himself inside and, nudging the door shut with his shoulder, hurried across the room to begin work at once dismantling picture and glass from their frame. The Chinese poster was only lightly stuck down and Tom was immediately intrigued to find that another picture lay behind the diagram. The glue was water-based and almost as easy to peel off as the skin of an orange, so that it was the work of a moment to uncover the original John Gellatly painting of the temple in Kashmir, executed on his retreat to India in the sixties. One of the Edinburgh Five - a first rank artist, a painting of the highest quality! The delicacy of its brushwork, the subtlety of its colours, the whole absorbing atmosphere of spirituality and meditative stillness all struck at him with the force of a physical blow.

Beside Gellatly's oriental temple god, Tom's gauche and angular nude was harshly shown for what it was - the effort of a talentless dauber. There was some semblance of form there, but no Art - none of that elusive, magical power that clung to those ancient hunting scenes painted in dripping caves by the paleolithic artists; none of that breathtaking beauty of an early Renaissance fresco, or a Vermeer, or a Velasquez, or a Van Gogh.

For the first time, he understood the full depth of his artistic impoverishment. Like a heavy stone, dropping to the very bottom of a well, the realisation of the garishness of his colours, the weakness of his drawing, the clumsiness of his brushwork, bore down and in on him. He would never, he knew, be an artist. His work was second-rate, substandard, amateurish. Those useless hands of his were the cause — clumsy, futile appendages that distorted his will, that crippled his vision, that made a mockery of his composition. He was as cursed as any maimed beggar in an Indian bazaar. These long, untalented fingers of his simply refused to unlock the gates between the inner visions that he desperately wanted to paint and the waiting, virginal canvas.

A great tide of self-loathing overwhelmed him, toppling the flimsy defences of reason, one by one. Beneath the unflinching gaze of the oriental god, he raised his impotent hands, those meritless clumps of flesh and bone and muscle, to smash them, again and again and again, against the wall, till the skin was torn and bleeding, the knuckles swollen and raw. The physical pain was as nothing compared to the bleak desolation of despair within him, like an arid and stinging desert storm, smothering and deadening.

For as every aspiring artist knows, there is nothing crueller in life than possessing no gift at all.

JANUS AND THE STARLING

The God Janus was worshipped by the Romans as the tutelary spirit of the door — a household deity who watched all who went in and out — hence his representation with two opposing faces. The temples consecrated to Janus were four-sided, each side having its own doorway; thus he presided over all comings and goings, over all gates and avenues — indeed over life's own ingress and egress.

Grow — grow — grow. An explosion of greenery — a waxing of weeds. A proliferation of privets: all had driven the inhabitants of Sklaikie Street from the dusty cocoon of their stuffy, double-glazed bungalows out into the balmy, fragrant, petal-perfumed air of a fine June day. Everywhere within the suburb could be heard the purring of lawnmowers, the snipping and snapping of shears on the wooden joints of gangling shrubs; and the crackle, spit and sizzle of beefy barbecues.

At number 14, Janus MacNab, retired switchboard operator with British Telecom, was down on his bended knees facing Mecca — not to offer up a prayer but to pick the invasive slugs and slitherers and creepy-crawly pests from their happy hunting ground on his preciously-guarded, tender young sweet peas. Janus was a back-to-nature gardener: nothing chemical, artificial, synthetic or otherwise man-made was allowed within his mini-domain. The slugs, slitherers and creepy-crawlies were carried off carefully to new abodes, a continent away in insect terms, to the barren, Zen-like, chukkie-and-granite desolation of number twelve Sklaikie Street, there to expire slowly from plant and water deprivation in the wastelands of Mr MacNab's neighbour, Catriona Nicleod. He would propel them gently over the fence, a delicate executioner, and look away as the snails hurtled towards their granite doom.

Catriona Nicleod had been voted Miss Media Personality, 1997, by virtue of her dulcet tones and throbbing uvula. It was said that clarsachs quivered with ecstasy at the very mention of her name. All things considered, she had made the transition from Lewis to Sklaikie Street remarkably smoothly — the star of the west coast transformed into the rising comet of the east. Generally she was away on tour: hence the chukkie and slab aridity of her garden. . . no soil, no plants, no pests. Her pests arrived courtesy of Janus the pest-disposal expert over the fence. He was a dapper little man, with black spiky hair shot through with silver, which gave it a metallic sheen. As he plucked a caterpillar from a lettuce leaf, he whistled cheerfully out over his garden — a melodic trill that carried across the lush, lovely petals of his prize peony rose, red as the parted lips of a geisha girl. The sun caught the grey silk back of his waistcoat as he bent over the plants and made the material flash and shimmer like wet gunmetal. Suddenly, there was a rustling and swishing of leaves, as Mr MacNab's resident starling swooped down from its perch on the redundant chimney pot to bob over the newly-cut lawn in search of worms.

It was a glossy, glittering bird in its businessman's suit of dark green and purple plumage, a cross between an undertaker and a peer of the realm.

"Tcheer," it screeched from its bright, sharp bill.

"Tcheer!" it cried again.

As if it had issued a summons, a new arrival breached the fine June morning with all the alacrity of the hour-lady popping out of a Swiss clock. Catriona Nicleod was not on tour after all. She crunched along the chukkies with firm, strong strides, her spindly legs encased in tight leggings, beige in hue, underpinning a belly and breasts engorged and bloated by childbearing. A satin cream and brown patterned blouse flowed over her undulations like a stream coursing over and off Ben Nevis. A light brown jacket was slung across her shoulders, the sleeves flapping like two wings by her sides.

Janus recollected hearing she'd been off touring Africa. He supposed that a north-east Scottish June would be chilly by comparison. For a creature of such migratory habits, Ms Nicleod always took some time to adjust to the drastic change in temperature: hence the jacket. He flushed as red as the peony when she approached. Guiltily, he wondered if she knew why her slabs were littered with the corpses of snails and sluggery. Fortunately she did not. She had merely come out to the pathway in order to clean the car.

"It's yourself, Mr MacNab?" she purred in that melodious sing-song trill of the Western Isles. "I was chust saying to Hamish,I hope my wee deeffils of children haven't been annoying you at all, at all. . ."

Mr MacNab, who cursed Ms Nicleod's children with the first gulp of waking breath in the morning and his last gasp of breath at night before drifting into the oblivion of sleep, gallantly lied, blanking over the memory of the greenhouse pane smashed by their football only the day before.

"Don't you be giffing it another thought, Catriona," he responded. "They are chust real wee angels." Then, recalling the cat-fight the Nicleod children had held in the street, tearing lumps of hair from each other's heads the previous Monday, he added, "And so lively too, fair bursting with fun!"

Ms Nicleod beamed with gratification,like a small Celtic sun buttered with happiness. Such a nice man, Janus MacNab, she thought. So genteel, and with that nice Highland accent — difficult to localise its origin, but definitely west coast, no doubt about it. As she walked over to her car, she trod inadvertently on a stray snail. There was a sickening, squelching crunch as the small crustacean merged with the Universe.

"What effer would a snail be wanting on top off my chuckies," she mused, scraping the mortal remains off the sole of her shoe with a trowel. "It would be like sitting down on sandpaper in your birthday suit, chust. . ." She peered around her slabs suspiciously. Another clutch of snails lay, upended, by the car.

"Maype the wee craiturs roll, in June," she reflected. Then, deftly, seeing Janus's back was turned, she lifted them up in the scoop of her hand and tipped them on to his lawn.

A large, speckled song thrush bounced down from his apple tree. "Tchuck, tchuck; tchuck, tchuck," chirruped the song thrush. "Tchuck, tchuck; tchuck, chuck," echoed the starling.

"Wheeple weeple wee," twittered the song thrush.

"Wheeple weeple wee," parroted the starling.

For a moment, the thrush observed the starling, with cocked head. What strange plumage some thrushes do wear, it thought, as it bounced off behind a clump of waving bluebells in search of a beetle.

Janus MacNab had turned his attention, meantime, to the privet hedge between his property and number 16 Sklaikie Street. Dod Pirie inhabited number 16: an oil worker originally from Mintlaw, who had moved to the city to feather his nest — one of the many farming sons of the soil who had flown the rural coop to become townified and trendy — but who still retained the thick, rich burr of the country in his speech, clinging to his intonations like a fertile loam to the sole of a ploughman's boot. He was a burly, swarthy man, with a sharp-pointed nose and black, beady eyes. When Mr MacNab looked over the hedge, he was not surprised to find Dod Pirie leaning heavily into a spade, digging a trench in the crumbly clay to plant his early potatoes.

"Ay, ay, min," mumbled Dod Pirie amiably. "It's nae a bad day fur gairdenin."

"I've seen waur," agreed Janus MacNab. "Bit we cud be daein wi a drappie rain tae bring on the ingins."

"Fit a rare news ye can hae wi yon mannie MacNab," Dod Pirie mused as he tipped the dirt from his spade. "Nae pit-on wi yon chiel ava! Ye can tell he's a kintra loon — nae dour an common like a toonser."

Mr Pirie gave a grunt of annoyance as a piece of litter blew in from the pavement. A blackbird swooped down from a large horse-chestnut tree and snatched it up, carrying it off as cladding for its nest deep in the depths of a rhododendron bush.

"Tchink tchink, tchink tchink," sang the blackbird tunefully to the wide, wide world.

"Tchink thcink, tchink tchink," mimicked the starling.

The blackbird throttled his tune and looked nervously around, like a driver who has just been dented in the bumper by an unseen fellow motorist. Strange. . . no other blackbird could be seen. He was certain the nesting-site was rival-free.

"Tchook tchool, tchook, tchool!" he called challengingly.

"Tchook tchool, tchook tchool," copied the starling, wickedly.

"Aren't they a fair caution?" said Dod Pirie.

"A fair caution," confirmed Mr MacNab.

As the afternoon wore on, Dod Pirie's early potatoes were buried, and seeded and earthed; and Mr Pirie retired, bathed in sweat and satisfaction, to his house. Mr MacNab, however, followed his growly-voiced lawnmower round his green like a dog-handler being towed along by a masterful Alsatian.

His rhubarb stood next to the street, a forest of tartness, each stem thick as a wrist, each rhubarb leaf as broad as a Caliph's fan. He was inordinately proud of his rhubarb and paused, as always, to admire it, momentarily switching off the mower in mid-growl, letting his eyes linger on the wine-coloured trunks of the plants, finest specimens in the whole street.

Someone else thought so too. Waddling up Sklaikie Street, her small, grey head thrust forward, her round form jiggling under a sheath of pearl-grey viscose, her plump neck ringed by pink beads, came Mrs Fitz-Pilkington from number 18, a flight-sergeant's widow from Surrey. After a life lived in transit with the RAF, she had elected to roost in the small Scottish suburb, where the air, as she fondly believed, would be beneficial to her yearly bronchitis. Mrs Fitz-Pilkington always seemed to have a rattle and a rumble in her chest, as she wheezed and rumbled along.

She had come to Janus MacNab's gate specifically to ask for some rhubarb, but politeness dictated that she should lead into the request gently.

"Well," she drawled, "I must say your garden looks absolutely top-notch, don't you know."

Janus MacNab did know, but enjoyed having his opinion corroborated. "How exceedingly civil of you to say so," he replied. "And how's the chest doing? Inhalers helping? Infernal nuisance taking them, but if they ease the wheeze. . ."

"Got it in one, old chap," crooed Mrs Fitz-Pilkington. Got it in one!" There was a pause, as she swayed from one foot to the other. "Looks absolutely divine, that rhubarb. Quite absolutely divine," she gushed, softening Janus up for the kill. "Wouldn't happen to have a boiling to spare, would you? Not everyone has your green fingers, your winning ways with the old herbiage, don't you know?"

Oiled nicely by the compliment, Mr MacNab fished in his hip pocket and drew out a small penknife, cutting six or seven tall stalks with clean, deft cuts.

"Ooh, you are a regular gem. I can tie them up with me hankie," she effused, pulling a handkerchief from her pocket. As she did so, the remnants of her afternoon's high tea toppled on to the ground. This unexpected distribution of manna did not go unnoticed by the resident bird population. As Mrs Fitz-Pilkington listed heavily along Sklaikie Street like a tug in a rough swell, lurching to starboard, a huge fat pigeon plopped to the ground and strutted over the road to fill its crop, observed by the starling, who had returned to his chimney-pot perch.

"Kwurr, kwurr; kwurr, kwurr," curmurred the pigeon.

"Kwurr, kwurr; kwurr, kwurr," aped the starling.

Discomfited, the pigeon plumped its head down into the thick creases of its neck feathers like a Sumo wrestler sinking into a giant bean bag, closed one eye and sidled off. By now, the sun was high in the sky. Most of the fair weather gardeners had shot their bolt, had tilled the good earth and would suffer for it all of the following week, with self-inflicted rheumatics, gardener's knee and potato-digger's crotch. Groins, calves, fetlocks and pectorals would ache and dirl for several days in succession, in every house in the street.

Janus, too, was preparing to go back inside — cleaning the soil from his rake and hoe, when Shuggie McPhee's van drew up at the end of the road. Shuggie McPhee was a Betterwear salesman who travelled through from Glasgow periodically to trawl the highways and byways of the quiet Scottish north-east in the hope of sales. He had been coming there for years, a creature of fixed habits and set territory, though the pickings were lean. A strange homing instinct drew him like a magnet to Sklaikie Street every June. He was short, fat, garrulous and gregarious — a small Glasgow keg on peg legs, buried in an outsized, shapeless, dingy, greying sweater even on the blousiest summer day.

Shuggie's observant eye singled out Janus instantly as a potential customer. Assuming a toothless grin and an artless air, he drew near to his prey, a cobra poised to strike, rising out of its coils.

"Hey, Jimmie. Y'aw right? Howsit gawn? Listen! I ken I hae sumthin here tae interest yi. Mean tae say — wurked aw yer life? Scrimpt an scraipt furr yir retirement? Few wee treats — few wee knick-knacks? Well see, jiss takk a look fur yirsel!"

Triumphantly, his podgy fingers plunged into the depths of his open, battered, Betterwear salesman's case, to produce a plastic back-scratcher, a curved hand, mounted on what appeared to be a gnome's shillelagh. Janus MacNab smiled sympathetically, but with a slight shrug that indicated no searing desire to take possession of a leprechaun's back-scratcher, plastic or otherwise.

"Mean tae say, ah've goat tay puull in mah belt, noo ah'm oan the penshun," Janus replied apologetically. "Ah'm no sayin it's no a braw wee nummer — but, pirrit this wey, time's is hard, is they no? That's aw yi kin say. No?"

Shuggie McPhee accepted the rebuff manfully. Sometimes he detested his job. It was all the Pope's fault that he was stuck in a run-down van, in a dead-end job. Mrs McPhee, a staunch Catholic, was constantly pregnant. His house was filled to overflowing with hungry, demanding, raucous little McPhees. His life was one of unremitting, unspectacular, common or garden drudgery.

As he bent to close his case up, a sparrow hopped up, a fat little guttersnipe of a sparrow, its bright, beady eyes scanning the pavements for scraps to satisfy its ravenous brood. Shuggie McPhee experienced a twinge of fellow-feeling for the sparrow. Reaching into the suitcase, he broke a corner off from his modest tea — a jam sandwich — and flung it to the bold little songster.

Other birds were wary of humans. Sparrows, however, were forced to beg where they could, just to survive.

"Chissis, chissis, chissis," cheeped the sparrow, a paeon of gratitude, like a tinkle of tiny cowbells.

"Chissis, chissis, chissis," mirrored the starling perfectly.

Janus finished cleaning his mower and pushed it slowly up the lawn towards his shed as Shuggie McPhee drove off. Mrs Fitz-Pilkington, Dod Pirie, and Catriona Nicleod all emerged simultaneously, just at that moment, to put out their respective dustbins to await the arrival of the Environmental Department's cart. Refuse uplift came late to Sklaikie Street. Janus, ever early, had already dragged his wheelie bin to its stance at the gate.

"Such a nice man, that Mr MacNab," wheezed Mrs Fitz-Pilkington. "But such a solitary bird. You never see him in company."

"He wouldn't haff met many people, chust talking down a phone all day," remarked Catriona Nicleod.

"Bit a fine, couthie chiel fur aa yon," remarked Dod Pirie. "Fair pi's ye at yer ease. Nae pit-on wi him. Nae pit-on ava."

"So refined!" cooed Mrs Fitz-Pilkington.

"Such a lilt in hiss voice!" hummed Catriona Nicleod.

As for the starling — for once it said nothing at all!